하나의 조각은 나를 찌르고
소수의 조각은 거울이 되어 나를 비추며
모든 조각이 모여 나라는 사람을 만든다
이렇게 모아보니깐 하나도 버릴게 없네

조각들

부족하지만 또 다시 이렇게 남겨볼게.

나뭇잎

너는 내 삶에 나뭇잎이야.

코트와 밝은 청바지를 입고 머리를 풀고 온
너를 보고 겨울이라는 것을 알았고,

흑색 청자켓과 검은색 긴 치마를 입고 머리를 묶은
너를 보고 봄이라는 걸 알았어.

얇은 나시를 입고 시스루 니트를 입은 너를 보고
여름이라는 걸 알았어.

녹색, 노란색, 붉은색 그리고, 떨어지는 나뭇잎
그리고 다시 녹색.

나뭇잎의 색깔을 보면서 계절이 흐르고 있음을 알듯이.
너를 보면서 계절과 시간이 흐르고 있다는 걸 느껴.

내가 살아있음을 느껴.

너는 나한테 그런 존재야.
흐르는 시간을 가르쳐주고,
그때만 느낄 수 있는 계절의 향기를 나에게 선물해.

모든 시간의
향기를
설렘을
사랑을 선물해 줘서 고마워.

사랑의 모습

지하철을 내리니 차가운 바람이 아직은 날씨가
춥다고 알려주는 거 같아.

쨍한 햇빛과 그늘의 소중함을 느끼는 계절.
조금씩 새로운 생명들이 숨 쉬기 시작한 요즘일지라도
저녁은 아직 차가운 공기가 돌아다녀.

아직은 날씨가 추워 너와 헤어지기 전에 입던 가디건을
주고 와서 다행이라고 생각했어.
이게 지금의 네가 너를 생각하는 마음인 거 같다.

너와 함께 있는 꿈을 꾸다 일어나 하루를 시작하고,
너와 함께 문자를 주고받으며 일상을 공유하고,
너와 함께 오늘을 보내며 바쁜 일상을 살아가다 공유하
지 못한 감정을 전화하면서 하루를 함께 마무리해.

내 하루의 시작과 끝은
너로 시작하고 너로 끝나.

그게 사랑인가보다
그럼 사랑이라 인정할게.
그리고 사랑해.

행복

안녕

요즘날씨 참 변덕스럽지? 오후에는 덥고, 밤에는 아직
찬바람이 찾아오는 요즘이야. 감기 걸리면 안 되니깐 귀
찮아도 얇은 셔츠나 가디건 들고 다녀. 귀찮으면 말해,
너 만나러 갈 때 내가 챙겨갈게. 24년이라는 말이 아직
도 어색한데 벌써 벚꽃은 지고 푸른 연둣빛 풀잎들이 거
리를 색칠하는 요즘이야. 신에게 선물 받은 오늘이라는
시간을 살아가다 보니 벌써 5월을 바라보고 있네. 요즘
나는 행복하기만 해. 네 덕분이야. 행복해서 내일이 오
는 게 무서울 정도로 오늘이 행복해. 너는 어때? 네 삶에
어떤 감정이 자리 잡고 있을지 모르겠지만, 나와 함께하
는 그 시간만큼은 행복하기만 하길 바래. 너와 함께하는
시간과 거리가 찬란해. 인생의 가장 아름다운 순간에 서
로가 함께 있는 이 시간을 수많은 불빛이 함께 해주고
있어.

요즘은 마음이라는 그릇에 감정이 벅차올라 넘쳐흘러.
넘쳐흐르는 감정을 주워 담아야 하나 고민했는데, 흐르
는 대로 일단 둬 보려고. 얼마나 어디까지 흘러가나, 흘
러간 그 거리에 스며들어 새싹을 피울 수 있을까. 넘쳐
흐른 행복이라는 감정이 파여 있는 거리는 메꿔줄 수 있
나, 메꿔준다면 이 또한 참으로 행복할 텐데. 죽음이라
는 결말을 알고 살아가는 우리이기에 너와 함께하는 모
든 과정이 내게는 너무 소중해. 결말 사이에 피어난 행
복이라는 과정은 삶을 조금 더 다채롭게 만들어줘. 아무
리 앞으로 나아가는 것이 중요하고 살아남은 것이 중요
한 오늘이지만, 오늘을 살아가는도중 너라는 아름다움을
만났기에 이제야 내 삶에 줄거리가 써지기 시작했다.

우리말이야,

힘든 오늘을 살아가는 순간이 온다면 행복에 집중해 보
자. 나도 네 삶이 조금이나마 다채로울 수 있도록 노력
할게.

보고싶다.

교실에서 바라본 맑은 하늘

창문틀 사이에 펼쳐지는 하늘.
따스한 햇살과 시원한 바람이 불어오는 찬란함.
하늘을 우러러 바라보며,
오랜만에 다가온 맑은 하늘.
오늘날 누군가에게 잠깐의 위로가 되길.

비가오나 날씨가 따듯하거나 덥거나
날씨에 대해 예민하지 않고 둔한 현실을 살아가는 것.
이것만큼 슬픈 일이 또한 있을까.

우리는 옆을 보는 방법을 배우지 못했으니깐.
하늘을 우러러 바라보며 꿈을 꾸는 방법을 못배웠으깐.

그렇기에 우리에게 하늘은 그저
동경의 대상일 뿐이다.

다시 일상으로

모든 이별은 아쉽고, 슬픈 게 당연하죠.
행복한 여행의 마지막 날은 아쉽고, 슬픈 게 당연하죠.
여행을 마무리하고 일상으로 돌아가는 길이 아쉬운 이유
는 이번 여행이 그만큼 나에게 소중하고 의미가 있었다
는 뜻이죠. 그렇다면 저는 아쉽고, 슬픈 감정은 여기에
두고 소중한 기억만 가져갈게요.

이별도 마찬가지입니다.
이별을 아쉬워하고 슬퍼하는 이유는
그만큼 나에게 소중하고 귀했던 인연이라는 뜻이겠죠.
그렇다면 저는 미움과 슬픈 감정은 여기에 두고
사랑했던 감정만 가져갈게요.

미움과 아쉬움 그리고, 슬픔은 흘러보내고
당신에게 인사합니다.

고마웠어요.
나에게 너무 소중한 여행을 함께해줘서 고마웠어요.
덕분에 여행을 하며 만났던 가을을 사랑하게 됐고, 낙엽
을 선물하는 나무에게 사랑을 받기도 했죠.

나는 다시 일상으로 돌아갑니다.
당신과 함께 했던 여행이 일상으로
돌아간 나에게 힘을 줄거라는 믿음 가지고.

당신에게도 슬픈 감정이 아닌,
소중한 기억만 남길 바라요.

외로운 일이야

가시밭을 걷는 건 나 혼자면 충분하다고 생각하고
내가 느끼는 슬픔을 정화하여 행복을 뿌리고.
사람들에게 받는 기대가 사랑이라고 최면을 걸고.
걸을 힘 없는 나에게 뛸 수 있다는 가혹한 용기를 주고.
그렇게 다시 뛰고 돌아왔을 때 아무것도 하지 못하고
침대에 눕는다.

이런 내 삶에 익숙해진 내가 스스로에게 서운해하고.
하루를 쉬고 다시 괜찮아져 또 다시 살아가는 나를
응원해주고.

외로운 삶 속에 그럼에도 행복과 아름다움을
찾기 위해 노력하고.

이제는 내가 어떻게 위로를 받는지 알고 있는 나를
칭찬하고.

이렇게 살아가도 다른 사람에게 웃을 힘은 남겨두는
나를 사랑해.

마음1

민들레 씨앗이 나에게 떨어졌다.
네 마음에서 피어오르고 자란 민들레가
바람이라는 감정을 만나 나에게 떨어졌다.

구름이 많은 맑은하늘.
어떤옷을 입어도 어울리는 날씨.
행복한 하루 속에 네 마음속에 키운 민들레가
나에게 떨어졌다.

나는 민들레가 피어 올랐던 터전을 사랑해보려한다.
바람이 불고 비가와도 그 땅은 분명 생명을 키울 수
있는 좋은 터전임을 믿기에.

마음2

내가 조금이라도 욕심을 가질까 봐 모든 걸 차단한다. 내 마음속에 있는 감정 동굴은 나도 얼마나 깊은지 몰라 내가 아는 그 이상에 들어가려 할 때 스스로 차단한다. 수도 없이 돌멩이를 그곳에 던져봤고 돌아오는 소리가 있지 않아 뒤돌아 다시 동굴에서 나온다. 나는 관계를 쌓을 때도 그렇다. 실패한 관계에 나는 조금이라도 욕심을 가질까 봐 관계를 쌓기 위해 노력했던 모든 걸 지운다. 상대방이 나에게 보여주는 모든 행동을 차단한다. 그 사람에게 욕심이 생겨 쫓다가 동굴로 들어가 길을 잃어버릴 수도 있기에 관계에 실패하면 감정 동굴에 들어가지 않기 위해 스스로 노력한다.

하지만, 때론 동굴의 어둠이 실패한 나에게 유일한 위로가 되기도 한다. 그럴 때는 최대한 사람을 만나지 않고 내 방에 혼자 글을 쓰거나 책을 읽는다. 실패한 내 감정이 위로를 얻어 파도처럼 요동쳐 소용돌이가 될 때 혹시나, 내 감정이 누군가에게 상처를 줄 수도 있는 1퍼센트의 경우의 수 조차도 싫어 나는, 조용히 감정 소용돌이를 혼자 맞이한다. 그래서 그런지 내 방은 나에게 전장이기도 하다. 감정과 매 순간 싸우는 공간이자. 글자라는 피를 흘리고 남기는 장소다.

나는 부족한 사람이다. 신사다운 인사말로 하는 게 아니라, 나는 정말 부족한 사람이라고 생각한다. 조금이라도 내 부족함으로 사랑하는 사람들에게 상처를 주고 싶지 않아 나는 매 순간 감정을 차단하기 위해 노력한다. 차단은 쉽다. 조금이라도 생각날 수 있는 모든 요소를 없애면 된다. 내일에는 못하는 걸 알기에 실감이 안 나는 지금 당장 하면 된다. 나만 느끼고 아파해야 하는 공허함이 찾아온다. 후회하고 다시 돌아가고 싶은 욕심이 생겨도 해서는 안 된다. 상처를 줘서는 안 된다.

두 번째 책 '나무'를
마무리 하며

1년 동안 글감을 모으고 작년 23년 9월부터 편집 작업을 시작한 내 두 번째 책 〔나무〕 작업을 오늘 마무리했다. 이번에는 일부러 다른 사람들에게 도움을 요청하지 않았다. 폰트, 디자인, 맞춤법 교정, 배열, 첨삭, 사진 등 모든 걸 내가 원하는 느낌으로 제작해 보고 싶었던 욕심이 있었다. 사실 제작하는 과정에서 나무를 무색만큼 (첫번째 책)사랑하지 못한 거 같아 미안한 마음이 든다. 무색이 세상에 나왔을 때 내가 예상했던 것보다 그 이상으로 많은 사람들이 무색을 사랑해 줬다. 이정도면 됐다고 생각한 것 보다 이상으로 사람들이 무색을 사랑해 줬다. 감사한 마음이 너무 컸고, 그 어딘가에 부담과 긴장이 함께 공존했던 거 같다. 그래서 그랬다. 나무가 무색만큼 사랑받길 바라면서 지우고 다시 쓰고, 파일을 삭제했다. 새 문서로 시작하고, 무색처럼 사랑받길 바랐으니깐.

사실 나무의 처음 이름은 세트장이었다. 두 번째 책을 생각하면서 모은 글들을 세트장이라는 이름으로 모아놨었는데, 그 작업을 포기했다. 어느 순간 부터 무색만큼 사랑받길 바라는 내 욕심으로 글을 바라보고 있었다. 부족해 보이고, 아쉽고 더 잘할 수 있을 거 같고 어느 순간 두 번째 책 작업에 나에게는 즐거움이 존재하지 않았다. 그래서 작업하던 모든 작업물을 포기했다. 그리고 처음부터 시작했다. '지금의 나한테 가장 소중하며 즐거움을 주는 건 뭘까?' 라는 질문으로 다시 시작했다. 복잡하고 피곤한 하루하루를 살아가는 나에게 즐거움을 전해주는 고마운 내 옆에 있는 사람들, 이 사람들과 오랫동안 행복하게 살아가는 생각만 해도 나는 행복했다.

'행복, 이 감정으로 시작하자,' 그렇게 나무라는 이름으로 다시 작업을 시작했고 글을 모으기 시작했다. "글을 왜 써?" 라는 질문에 나는 글은 말보다 힘이 있고, 삶에서 느끼는 감정의 폭을 확장 시킬 수 있는 도구이기 때문이라고 이야기한다. 하지만, "그럼, 책은 왜 만들어?" 라는 질문에 대답하지 못했었다. 그리고 나무를 만들면서 대답을 찾았다. 나는 내 언어를 남기고 싶어서 책을 만든다. 내 평생 숙제는 내 이야기를 남에게 하는 것이다. 나는 이게 너무 어렵다. 사랑하는 사람들에게 부담이 되고 싶지 않아 내 이야기를 시작하지 않는다. 그래도 내 이야기를 해야 한다고 생각하는 이유는 나도 사랑받고 싶기 때문이다. 사랑만 주는 게 아니라, 나도 사랑받고 싶다. 받은 사랑으로 더 값지고 아름다운 사랑을 주고 싶다. 그래서 내 이야기를 해야겠다. 말로 하는 게 어색한 나이기에 글을 쓰고 책을 만든다. 무색은 바꾸고 싶은 나를 이야기했다. 나무는 바뀌기 위해 노력하는 내 모습을 사랑해 준 이들에게 고맙다고 이야기한다.

아침에 일어나 마지막 나무 가제본을 받았다. 만져보고 읽어보고 느껴보며 처음 들었던 마음은 미안함이었다. 무색'보다'라는 마음으로 시작한 내 두 번째 책, 너무 미안했다. 무색과 너무 다른 네 모습인데, 다르기에 다른 위로와 감정을 선물할 텐데, 먼저 책 작업을 시작한 선배들은 두 번째 책이 정말 실력이라고 이야기하신다. 첫번째 책은 축하한다는 이유와 내 주변에 책을 만드는 사람이 있다는 신기함과 새로움 때문에 사람들이 책을 사

지만, 두번째는 색깔이 없다면 책을 사지 않는다고 이야
기하신다. 나무가 무색만큼 사랑받지 못해도
괜찮다. 내가 이미 나무를 사랑하기 때문에.

내 삶의 잔상을 여기에 남겨.

생각나는 이에게

TO. 생각나는 이에게.

3일 동안 누워있다가 오늘은 밖을 나와서 내가 좋아하는 카페에 갔어. 좋아하는 커피를 마시고 여유롭게 책을 읽다 보니 내 마음에 공간이 생겨 네가 생각나 글을 남겨. 3일 동안 내가 좋아하는 카메라도 잡지 않았어. 정말 오랜만에 나태한 시간을 보낸 거 같아. 일부로 네 생각도 안 하려고 노력했어. 지쳐있는 내가 생각한 네 생각은 그리 좋은 감정은 아닐 거 같았거든.

오늘은 어느 정도 괜찮아져 오랜만에 카페에 가서 커피를 시켰어. 하늘이 날 위로해 주고 싶었는지 나밖에 없었어. 세라본의 'Lullaby of Birdland' 노래가 흘러나오고 이유는 모르겠지만, 네 생각이 난다. 아직은 연락 할 에너지가 없어 내 마음만 보내. 네 근황이 담긴 연락 한 번만 남겨주라. 너도 연락은 아직 어색하고 부담스럽다면 네 마음만 보내줘

하루빨리 내가 연락할게.

Form. 네 생각하는 내가

인연

가만보면 지금까지 살아가며 만난 관계 모두가
귀하고 소중한 거 같아.
턱없이 부족한 나에게 그래도 조금이나마
사는 이유가 되어주고 있으니 말이야.

속상해 보기도 하고 슬퍼 보기도 해.
기뻐해보기도 하고 사랑해보기도 하며,
내가 정말 살아가고 있구나 느끼게 해주는 관계 속
모두가 귀하고 소중해.

모두 갚아내며 살아갈 거야.
살아가며 경험해보고, 모든 걸 경험하고 느끼게 도와준
이들에게 갚아내며 살아갈 거야.

행복할거야.
행복해 보인다는 질문을 받을 수 있도록 행복할거야.
덕분에 행복하다고 이야기 할 수 있을 정도로 행복하게
살아갈거야.

하우스 블렌드

동인천역 맥도날드 반대쪽 골목에 들어가면 내가 좋아하는 '토니 커피하우스'라는 카페가 있다. 재즈로 카페 분위기를 설명하고 이야기하러 오는 사람들만큼 나처럼 혼자 오는 사람들도 많다. 이곳의 모든 커피는 핸드 드립으로 손님께 소개한다. 네 가지의 커피, 청귤 차 약간의 디저트. 적은 메뉴에서 자신감이 보인다. 네 가지 커피중 내가 항상 마시는 커피.

'하우스 블렌드'

"수많은 커피 중에서도 유난히 선명한 캐릭터로 유명한 케냐와 하라 커피. 그 사이에는 에티오피아 코케 허니를 채워 넣어 균형을 맞춘다. 산미가 적으면서 부드러운 무게감이 느껴지도록 다소 강하게 로스팅하고 비율을 조정했다. 쌉쌀한 다크초콜릿의 첫인상이 강하면서도 묵직한 나무 향과 고소함. 농밀한 붉은 과실 단맛이 옅게 남는다. 좋은 품질의 커피가 가진 깨끗한 쓴맛과 깊고 어두운 과일 뉘앙스를 느껴볼 수 있다. 취향이 다른 많은 사람이 함께 나눌 수 있는 커피이자 이야깃거리가 되길 바란다." - 토니 커피 하우스

편안한 밸런스.

토니 커피하우스는 하우스 블렌딩으로 손님들에게 편안한 밸런스를 이야기한다. 값지게 살고 싶어 밸런스를 맞추며 살아가는 수많은 사람들, 쉼마저도 사람들은 노력

한다. 그 노력 가운데 우리는 편안함까지 노력하고 있는지 돌아본다. 사람이 죽음이란 결말을 스포당하고 살아가듯, 푸른 나뭇잎을 자랑하는 8월의 나무가 겨울에는 나뭇잎을 떨어트리듯이 모든 생명에게는 멈춤이 있다.

정신없이 달린 나에게 이번 주는 멈춤이었다. 멈춰보니 헉헉거리는 내 모습이 보인다. 군대에서 다친 허리를 다시 치료받기 시작했다. 3일 동안 커피를 마시지 않았다. 일어났다 졸리면 다시 잤다. 그렇게 보고 싶었던 무빙을 보기 시작했다. 읽다 만 책의 앞내용을 까먹어서 다시 처음부터 읽기 시작했다.

다음 주부터 다시 움직여야 한다. 그래도 다행이다. 나에게 필요했던 하우스 블렌드를 음미하며 시간을 즐긴 것 같아서 다행이다.

요즘

종착지가 없는 둥근 러닝코스를 빠른 걸음으로 걷는다.
약간의 숨이 찰 수 있도록 속도를 올려 걷는다.
몸이 풀리면 살짝 뛰어 보기도 한다.

아무리 더워도 뛰다가 겉옷을 벗으면 안 된다. 흘린 땀
때문에 감기가 걸릴 수도 있기 때문에 더우면 챙긴 물을
마신다. 그렇게 1시간 정도 걷다가 뛰다가 반복한다.

이렇게라도 나를 해소한다.
내 마음속에 있는 이유 모를 답답함.
무언가가 가득 쌓여 있어 보이지 않아 뛰면서
마음을 청소해 본다.

책을 읽는다.
좋아하는 노래를 틀고 책을 읽는다.
노래는 이왕이면 가사가 없으면 좋겠다.
가사가 있는 노래는 책에 있는 문장을 읽을 때 개인적으
로 방해가 된다. 최대한 가사가 없는 노래를 튼다. 비가
오면 노래를 틀지 않고 창문만 열고 책을 읽는다.

기억에 남기고 싶은 문장은 연필로 밑줄을 긋고 기억해
본다. 형광펜이나 볼펜은 지울 수 없어 연필로만 밑줄
을 긋는다. 읽었던 책을 다시 읽는 걸 좋아한다. 전에 그
었던 밑줄에 공감을 못 하면 지우개로 지워보기도 한다.
그리고 지금의 내가 좋아하는 문장이 있다면 다시 연필
로 문장을 밑줄 쳐본다.이렇게라도 나를 해소한다. 내
마음속에 있는 이유 모를 답답한 감정.무언가가 가려져
있어 책을 읽으면서 가려져 있는 밑줄을 지우개로 지워
본다. 내가 지금 느끼고 있는 이 감정은 무엇일까.

떨리면서 평온하다 넓은 호수에 돌을 던져 생긴 물결처럼. 공허하면서 행복하다 건빵 봉지에 들어가 있는 건빵들에 가려진 별사탕처럼.

전에 말했던 외로움이라는 단어로 지금의 나를 설명할 수 있을까. 정말 외로움이라면 왜 평온할까, 왜 행복할까. 아니면, 외로움에 벌써 익숙해진걸까.

종착지가 없는 둥근 러닝코스.
읽고 또다시 읽는 책.
끝이 없는 이곳에서 나는 무엇을 찾고 싶은 걸까.

스물 다섯의 나에게

이젠 어느 정도 알겠어.
나를 좋아하는 사람이 누구인지.
나를 미워하는 사람이 누구인지.

옛날엔 나를 미워하는 사람이 하나라도 생기면 죽는 줄
알았는데, 사람은 그렇게 쉽게 죽지 않더라.
오히려 슬픔 속에 내가 진정으로 사랑해야 하는
사람들이 보이더라.

손가락 사이사이로 흘러 나간 모래.
손바닥 가운데 고인 모래.
흘러가지 않고 내 마음에 고인 이들을 사랑하기도 바쁜
게 인생인 거 같더라. 아직은 다른 사람에게 내 감정 상
황을 솔직하게 이야기하는 게 너무 어려워. 평생을 살아
도 과연 편해질 수 있을까.

그래도 나를 많이 사랑하게 됐어.
혼자만의 시간이 필요하게 됐어.
그만큼 더더욱 관계에 신중하게 됐어.

그때의 나는 '이 사람이 나를 사랑해 줄까?' 라는 질문을
많이 했었는데, 지금의 나는 '이 사람을 내가 사랑할 수
있을까?' 라는 질문을 많이 하는 거 같아. 그러니깐 민창
아 지금처럼만 살아가자.

세상을 아름답게 보기 위해 항상 노력하고. 주변에 있어

주는 고마운 사람들에게 항상 고마워하면서, 신중해도 괜찮으니 정말 사랑을 찾아보기도 하고, 내 삶을 다른 사람들이 봤을때 유치하다고 생각할 정도로 꿈꾸며 아름답게 살아가자.

바빠도 괜찮아. 앞으로 여유로운 하루보단 바쁜 하루가 더 많을테니깐. 정말 괜찮을 거야. 지금처럼 사람과 나무가 너를 위로해 줄 테니. 내가 꿈꾸는 정말 아름다운 세상이 나와 주변 사람들에게 현실로 다가올 수 있도록 지금처럼만 바쁘고 치열하게 사랑하며, 유치할 정도로 꿈꾸면서.

나에게 주어지는 모든 사계절을 사랑하자.

아침인사

솔잎나무에 맺힌 이슬이 하염없이 땅으로 추락하는 아침이다. 나는 오늘을 사랑하고 싶어 아침 산책을 시작한다. 아직은 추워서 겹겹이 옷을 입는다. 그래도 걸으면서 조금씩 더워지면 옷을 벗고 들고 다니는 게 귀찮을테니 내 옷 중에 한 얇음 하시는 옷들을 입는다. 한 걸음한 걸음 소중히 걸어본다. 그리고 주변을 구경하면서 걷는다. 나와는 다른 시선을 가지고 살아가는 사람들과 자연을 구경한다. 아침 운동 하러 나오신 노인 부부, 생각보다 조금 일찍 출근하는 것처럼 보이는 젊은 남성, 가게 셔터를 올리고 장사를 준비하는 사장님, 제각각 다른모습으로 우리는 주어진 하루를 시작한다. 주어진 딱 한번의 인생이라고 생각하면 나는 부정적인 마음과 의심의눈초리로 세상을 보는 것이 나에게는 너무 아깝다.

겨울의 동백꽃을 보기도 해야 하고, 봄의 벚꽃과 오랫동안 기다린 따듯함을 느끼기도 해야 하고, 여름의 매미소리와 더운 햇빛을 느끼며 화채를 먹기도 해야 하고, 가을 나무들의 제각각 색깔을 구경해야 한다.

세상을 아름답게 만들고 싶다면 그건 어쩌면 간단한 일일지도 모른다. 주어진 계절을 사랑하는 사람들이 많아지면 세상은 아름다워지지 않을까. 천천히 시작해 보는것이다. 아파트 경비원 아저씨께 아침 인사를 하는 것.등교하고 있는 초등학생들이 보인다면 귀여우니깐 웃어보는 것. 아름다운 자연을 만나게 된다면 입 밖으로 아름답다고 이야기해보는 것.
가까이서 만날 수 있는 거 부터 사랑해보자.

위로

가혹했던 하루.
세상이 나를 등지고 있다고 느낀 오늘.
누군가 내 어깨를 건드리면 그 자리에 쓰러질 것만 같
다. 쓰라린 하루를 끝내기 위해 집으로 가는 길.
주저앉아 울고 있는 네가 보이더라.

"오늘 하루 너무 나에게 가혹했다" 고,
"세상이 나를 등지고 있다" 고 지쳐 울며 이야기하는 너.
나와 같은 하루를 보낸 네가 나에게 힘들다고 이야기하
니, 이대로 하루를 끝낼 수 없더라. 울고 있는 네 모습에
내가 느낀 가혹한 하루는 조금이라도 아름다워야만 하는
하루로 변했다.

내가 할 수 있는 건 너에게 확신을 줄 뿐이야.
내 세상은 너에게 상처를 주지 않는다고.
이곳에서 아파할 사람은 나 하나면 충분하니 너는 행복
하게 사랑만 받아.

외로움

나에게 기다림은 너무나 쉬운 일이다. 바쁜 내 삶에서 시간을 만들 수 있고, 어떤 상황이든 항상 정확하며, 먼저 도착해 나는 기다린다. 사랑하는 사람의 숙명은 '기다리는 사람'이라고 롤랑 바르크 책 [사랑의 단상]은 이야기한다. 가끔은 기다리는 역할을 하고 싶지 않아서 일부러 늦게 가보기도 하고, 일부러 일을 만들어 약속에 늦게 가보기도 했다. 그렇게 해봤지만 역시나 나는 항상 패자 역할이다. 기다리는 사람의 역할을 하는 나는 내 사랑의 방식에 잘못된 점을 알게 됐다. 내가 사랑하는 그 사람은 절대 기다리지 않는다. 아니, 결코 기다릴 수 없다. 기다려 보고 싶어도 기다릴 수 없다. 사랑하는 사람의 숙명은 기다리는 것이라는 말을 통해 바라본다면 나는 어쩌면 상대방의 사랑을 침범하고 있지 않았을까 생각해 본다. 최근에는 엄마가 두 번째 책 [나무]를 읽었다고 말했다. 사랑을 고민하고 이야기하는 내 글을 읽으면서 본인이 너무 사랑을 주지 못했나 라는 생각을 했다고 미안해 하면서 말했다.나는 엄마에게 완벽한 아들이어야 했고, 엄마가 주는 사랑에 보답해야 한다고 항상 생각해 왔다. 그 생각으로 내가 받은 상처는 이야기하지 않고 걱정도 이야기하지 않았다. 이런 내 사랑 방식이 엄마의 사랑방식을 침범하고 있었구나 생각했다.

몰아치던 감정을 정리하고 잔잔한 호수가 되고 싶은 올해. 내가 느낀 올해의 처음 감정은 '외로움'이었다. 공백이라고 이야기해야 할까. '오롯이 정말 혼자구나' 라는 감정을 요즘 느낀다. 사랑하는 공동체에서 힘을 빼고 나만이 짊어져야 하는 일을 하면서 느낀 감정이다. 평생이 누군가를 기다리며 사랑을 배운 나에게 아무도 없는 들판에서 누군가는 함께 걸어줄 수 있지 않을까. 기대하고 원래 걷던 속도보다 천천히 걸으며 뒤를 바라보는 요즘, '외로움'이다. 나는 이 외로움에서 사랑을 배워보려고 한다. 이번에는 기다리는 사람의 역할이 아닌, 자연스러운 속도에 함께 걷는 그런 우연에서 사랑을 배워보려고 한다. 완벽해야 했고, 완벽해야만 했으며 그래야만 의미 있는 사랑이라고 생각했던 이 문장에는 온점을 찍고 다시 문장을 써보려 한다. 내가 기다리는 것 만큼 상대방도 나를 위해 기다리는 그런 사랑. 서로를 위해 기다리는 모습을 보면서 안타까워하고 미안해하는 것이 아닌, 사랑하는 사람의 숙명임을 이해하며 그 노력을 서로 응원해 줄 수 있는 사랑. 상대방의 외로움마저도 사랑할 수 있는 사랑. 상대방의 사랑 방식에 침범하지 않으며 그럼에도 서로의 삶에 약간의 침범을 원하는 그런 사랑을 배워보려고 한다.

배움의 시작은 세상을 아름답게 보는 연습이다. 내가 사는 세상을 아름답게 보기 시작하면, 아름다운 이런 세상을 살아가는 나 스스로를 사랑할 수 있을 거라는 희망으로 시작해 본다.

24년, 봄비

아직은 겨울냄새가 나는 3월 29일 금요일.
다른 풀과 꽃들 보다 먼저 피어오른
산수유,
개나리,
매화.

비를 맞아 색깔이 진해지고, 냄새가 진해진다.
봄이 왔다고 꽃들이 비를 타고 소식을 전한다.

겨울이 익숙한 나에게 너는 언제부터
자리 잡고 있었을까.

너라는 꽃이 따뜻한 날씨가 오기 전에 피어올랐다.
감정이라는 봄비를 네가 만나 색깔과 냄새가 진해져
나에게 이야기한다.

나에게 봄이 왔다고.

꽃

바빴던 네 하루가 조금이나마 의미 있던 하루였길 바라
며 얼마 안 되는 프리지아 와 안개꽃 몇 송이를 엮어 너
에게 선물해.

혹시 내가 준비한 꽃을 보고 네가 환하게 웃는다면
나는 남들보다 조금 더 일찍 봄을 맞이 하겠지.

내 삶에 아름다움이 너라는 것을 알려주고 싶어 너에게
꽃을 선물해. 그리고, 모든 순간을 너와 함께하고 싶다
는 의미로 선물해.

꽃이 만개하고 피어올랐을 때의 아름다움.
그 뿐만이 아니라 피고 시들어 버리는 그 순간마저도 아
름다움일 테니, 너의 모든 순간이 아름다운 네 모습임을
인정하며 나는 너와 오랫동안 함께 하고 싶다.

너와 함께하는 모든 시간에 감사하며 신중하고 아끼며
살아갈게.

바위를 밀어내는 힘

평생을 나를 막고 있던 바위.
바위 뒤에는 분명 내가 모르는 세상이 있을 거 같은데.
그 곳은 어떤 세상일까.

바위를 바라보면 나는 작아진다.
무거워 보이고 딱딱해 보이는 이 바위는 나를 숨죽이게
만든다.

그럴때마다 비스듬히 바위 틈 사이를 통해
나를 찾아와 주는 빛.

"빛아, 나에게 찾아와줘서 고마워. 덕분에 바위 뒤에 있
는 세상을 꿈꾸게 돼."

이때 빛이 나에게 말을 걸어줬다.

"네가 보는 내 모습은 세상의 아주 작은 일부야.
너는 이 바위를 밀어낼 힘이 있어."

"나도 그 말을 믿고 싶어. 주변에 많은 사람들이 그렇게
응원해 주는데, 정작 나는 그 말을 믿고 있지 않아. 어
쩌면 나를 작아지게 만들고, 숨죽이게 만드는 건 바위가
아니라 바위 앞에 있는 나일지도 몰라."

"그럼, 사람들의 말은 듣지 말고, 일단 바위를 만져보는
건 어때?"

"어려워... 못 만지겠어..."

"네가 어려워하는 이유가 뭐라고 생각해? 지금 느끼는 감정에 집중해 보자."

"두려움... 긴장감... 밀었다가 밀리지는 않고 오히려 나를 덮치면 어떡하지? 라는 걱정....?"

"두려울 수 있지 너에게는 정말 거대한 바위일테니까. 긴장될 수 있지 한 번도 안 해본 경험일 테니. 근데 두려움과 긴장감은 다른 기질을 가지고 있어. 긴장감은 무언가를 기대할 때도 느끼는 요소야. '긴장'을 '설렘'으로 이름 바꿔서 느껴보자. 너는 어떤 걸 설레하고 있을까?"

"설렘... 바위를 밀면 작은 일부가 아닌 정말 빛을 만날 수 있진 않을까. 내가 어쩌면 밀어 볼 수 있지 않을까."

"만져보자. 이건 죽어있는 거야 너는 살아있어 두려워하지 말고 만져보자."

다른 사람의 말로만 들었던 말을 행동으로 처음 해본다. 바위를 만져본다. 세상을 볼 수 없게 막고 있는 바위를, 빛과 내 사이를 막고 있는 바위를 만져본다.

"어때?"

"차가워...그리고, 죽어있어."

"맞아! 그리고 너는 살아있어."

"응. 나는 살아있어."

"밀어보자. 너는 죽어있는 바위를 밀어 낼 수 있는 살아
있는 소중한 존재야."

밀어보기로 했다.
나는 죽어있는 바위보다 큰 존재일테니깐.
있는 힘껏 밀어본다.
내가 살아있음을 증명해 본다.

갑자기 사라지지는 않겠지.
그래도 괜찮아.
나는 바위를 밀어내는 힘이 있다는 걸 알았으니.

이유

맑은 네 모습이 나를 웃게 만들어.
바쁘고 힘든 오늘도 어떻게든 힘내서 살아가는 것.
그 힘든 걸 너는 또 해낸다.
너의 그 모습이 좋아.

상황을 탓하지 않으며 기어이 기필코 빛을 내는 너의 의지가 좋아. 그렇게 나를 또 살아가게 만드는 네가 좋아.

그런 네가 이왕이면 아프지 않았으면 좋겠다.
잠도 깨지 말고 푹 자고 편한 밤이 너를 위로했으면 좋겠어. 이젠 오후에는 가벼운 가디건이 어울리는 날씨야. 너와 함께 걷고 있는데, 너에게 봄 냄새가 난다.

이미 산수유는 피어올라 움츠리고 있던 우리에게 봄이 왔다고 알려주고 있어. 학교 앞에 산수유가 폈는데 네 생각이 나더라. 오늘 너한테 한 번이라도 환하게 웃을 수 있는 이유가 찾아왔으면 좋겠다고 생각했어.

그래도 아직은 해가 떨어지면 추운 날씨야. 네가 하루를 남들보다 늦게 마무리하고 집에 돌아갈 땐, 전철역에서 집까지 얼마 안 되는 그 시간만큼은 내가 함께 걸어주고 싶은 마음뿐이야.

말이 너무 길었네.
내가 너를 정말 많이 생각해.

-

학교 근처에 좋아하는 카페에 가서 커피를 시켰는데 사장님이 핸드드립을 한 잔 무료로 주셨어 오늘 하루 시작이 너무 좋아. 존경하고 좋아하는 교수님이 수업 끝나고 나를 개인적으로 부르셔서 내 책을 찾아 읽어보셨다고 말씀하시면서 글 계속 쓰라고 응원해 주셨어. 오늘 하루가 나에게 주어진 이유와 의미가 여기 있지 않을까 생각해 봤어. 피곤했던 하루를 마무리하고 하루를 정리한 후 책을 읽으면서 녹차를 마셨어. 지배할 수 없는 내일이 이제는 더 이상 무섭지 않다. 하루를 살아가면서 분명 힘들었던 순간도 있었겠지만, 그럼에도 아름답게 세상을 볼 수 있도록 힘이 되어주는 근원이 어디일까.

그러게, 아무리 생각해 봐도 내 마음에 들어와 있는 네가 그만큼 아름답기 때문이지 않을까. 내 생각만 하기에도 바쁜 일상에서 누군가를 생각하며 마음에 둔다는 게 참으로 아름다운 일인 거 같아. 네 마음은 어떨까. 나와 함께 공유하는 시간이 싫지 않은 게 아니라 좋은 거였으면 좋겠다.

틈 사이

지침의 연속에서 살아갈 수 있는 이유는
내가 내 맘속에 너를 품고 살아가고 있기 때문이지
않을까.

아스팔트 틈 사이에 피어오른 작은 민들레.
벽돌 틈 사이에 피어오른 장미 한 송이.

아스팔트는
벽돌은
피어오른 꽃들에 틈 사이를 내어줬을까.
꽃들은 틈 사이를 빌려달라는 부탁을 했을까.

자연스러움.
스며든다.

허락하지 않은 사이에 피어오른 이들의 '만개'
그 덕분에 나는 살아가고 있는 거 아닐까.

부탁하지 않아서 감사합니다.
언제, 틈 사이에 들어오셨나요.
어색하지 않고 자연스럽게 내 맘속 틈 사이에 스며들어
만개해 줘서 고마워요.

나도 자연스럽게 당신의 아름다움을
누릴 수 있을 거 같아요.

그리고, 지치는 내 삶에 향기를 선물해 줘서 고마워요.
나는 덕분에 힘을 내볼게요.

'낮' 잠

내가 여유를 가지고 살아가도 괜찮을까.
쉼표,
온점.
나는 내 삶에 점을 찍는 것이 왜이리 어색할까.
'낮'이라는 글자 하나 옆에 두는 것이 왜이리 부담스러
운지. 후회없는 하루는 어떤 하루일까.

세심하고 신중하게 살아간다고 생각하는데 뒤를 돌아보
니 왜이리 오타가 많을까. 오타를 고치고 첨삭을 하느라
나는 아직까지도 내 삶에 쉼표를 찍는 방법을 배우지 못
하고 살아간다.

흐르는 계곡물을 우리는 잠시 멈추게 할 수 있을까.
피어오르는 새싹을 자른다고 봄이 오는 걸 막을 수 있을
까.

오타가 많은 삶을 살아가면서 그럼에도 하나를 믿는다.
문장에,너무,많은,쉼표,는,글을,읽는,것에,불편함,을 준
다,고

내 삶에 신중하게 쉼표를 찍어보려한다.
정말 쉼을 해보고 싶다.

나무2

나무에게도 나무가 필요하지 않을까.
사계절을 보내며 함께 살아가는 이들에게 전하는
나무의 선물.

봄, 설렘
여름, 피난처
가을, 다채로움
겨울, 견고함

이 모든 걸 선물하는 나무에게도 나무가 필요하지
않을까.

설렘을
다채로움을
피난처를
견고함을 나무도 필요해 하지 않을까.

선물한 나무에게 선물하는 고마운 마음.
이 마음을 고이 다치지 않고 너에게 전달한다면,
나도 너에게 나무가 되어줄 수 있지 않을까.

너와 함께 공존하며 서로가 서로를 아끼는 삶.
나무가 필요한 삶이 아닌,
나와 너는 서로가 함께 하는 숲을 꿈꾸고 있구나.

견고함

네 하루가 평온하길.
연둣빛을 머금고 있는 5월의 나무들처럼
햇빛을 마주한 녹색의 나뭇잎처럼

바람에 흔들리는 나무를 가까이서 보게 되면,
나무는 흔들리지 않고 있음을 확인 할 수 있다.

바람이 통과하지 못하는 단단한 나무.
서 있는 자리에 견고히 내린 뿌리.

너는 그런 사람이다.
잠깐의 바람 때문에 흔들린다고 생각할 수도 있지만,

네 나무는
뿌리는 절대 흔들리지 않는다.

네 하루가 평온하길.
매 순간 내가 응원하고 기도해.

미안해 할 수 밖에 없어
미안해

아픔을 껴앉는 사람들이 많은 요즘이다.
아픔을 쉽게 공유하지 못하는 세상을 살아가는 현재다.
그 아픔을 들은 오늘이다.

요즘을 살아가면서
세상을 함께 살아가면서도
오늘 결국엔 알았다.

미안해 할 수 밖에 없어 미안하다.

아니 안 먹을 거라고요

지금와서 생각해 보는거지만 나는 나만 하는 것은 많이 있는 사람이라고 생각하지만, 나만 '안' 하는 게 그렇게 많지 않은 사람인거 같다. 그래도 나만 안하는 것을 찾아 보자면 모두가 아는 익힌 무를 먹지 않는다 정도? 사람들이 가끔 물어본다. 언제부터 익힌 무를 먹지 않았는지 말이다. 언제였을까 사실 그게 중요할까? 중요한건 내가 익힌무 요뇨석의 존재를 싫어 한다는 게 중요한 것이다.

주말 꼬치집에서 저녁8시 부터 새벽2시까지 일을 한다. 그렇다 보면 가끔 일 하는 사람들끼리 배고픈 경우가 많은데, 그럴때 마다 사장님이 간단한 음식을 만들어 주신다. 저번주 토요일은 나에게 위기였다. 알바를 같이하는 친구와 사장님과 시시콜콜한 이야기를 하면서 갑자기 서로 싫어하는 음식을 이야기 했다.

"엥? 익힌 무를 안먹는다고요? 진짜 특이하네!"

같이 일하는 친구가 나에게 이야기 했다. 그러게 나에게는 버섯을 안 먹는 님이 특이한데 말이다.

"그러게 민창이 익힌무를 안먹는 구나"

익힌 무를 증오한다고 몸으로 표현하고 있을 때 사장님은 조용히 교회에 있을 법한 아주 큰 냉장고에서

무 반쪽짜리를 꺼내 오셨다.

"민창아 내가 오늘 극복하게 해줄게." 라고 말씀하신 사장님은 타원형으로 무를 잘라 사장님의 비장의 소스에 푹 익혀 무 꼬치를 만들어 주셨다.

"민창아 이거 귀한거다!"

어쩌라고.

"일본에서만 먹을 수 있는거야!"

일본에서만 먹을 수 있는걸 왜 여기서 만드신거야;;

"뜨거우니깐 조심히 먹어!"

아니;; 안먹을 거라고요;;

다른 일하는 친구는 하하 호호 후후 하면서 무를 먹었지만, 나는 절대 먹고싶지 않았다. 맛을 모르기 때문에 그런거야 라고 하는 사람들도 있는데, 무슨 맛인지 너무 잘 안다.

어려서 그렇다고 하는데,

20년 동안 안 먹었는데 내가 무를 안먹기 시작하면서

우리나라 대통령은 4번 바뀌었고
월드컵은 5번 개최를 했으며

한글을 이제 막 배웠던 7살의 내 친누나는 이제 결혼을
준비하고 있다. 편식하면 안되니 극복하라고 이야기를
가끔 듣는다. 그럼 나는 질문한다 왜 극복해야 하는건
가.

그래야 건강해진다고 이야기 하는데 무 속에는 탄수화물
을 분해 해주는 아밀라아제와 지방과 단백질을 분해 하
는 효소들이 많아 소화기 관련 질환에 효능이 있다고 한
다. 하지만, 뜨거운 열을 가하면 효능이 많이 사라진다.

그럼 내가 못먹는 익힌 무를 먹는게 좋은건가, 아니면
내가 먹을 수 있는 생으로 무를 먹는게 좋은 건가.

극복이라는 목적은 대상을 지배해서 얻는게 있다면 충분
히 도전할 가치가 있겠지만, 나에게 익힌 무를 먹는다는
거에는 아무런 가치가 존재하지 않는다. 그냥, 싫다. 어
려서 부터 안먹었고 안먹는다는 이유로 강제로 먹이려
했던 어른들의 행동도 이해가 안됐고 그렇기 때문에 먹
고 싶지도 않다.

아직도 나는 확신한다.

내가 만약 무를 먹게 된다면 사랑에 빠진거라고,
그만큼 사랑하는 사람을 만났다는 것.

그때까지는 절대 못 먹는다.
어림없지!

트라우마

#scene - 1
방향잃은 발걸음.
오늘도 결국 저는 빠져 나오지 못했습니다.
괜찮아 진 줄 알았습니다.
이제는 빠져 나왔다고 생각했습니다.
자신감을 가졌던 요즘.
그때의 잔상이 나에게 찾아왔을때.
그때와 비슷한 순간이 나에게 왔을때.
무서워 하며 다시 빙빙 돌고 있는 내모습을 발견합니다.
아직 멀었습니다.
나는 아직 빠져 나오지 못했습니다.
빠져 나왔던게 아니었습니다.
그때의 잔상이 남아 방향을 잃고 빙빙 돌고 있었을
뿐입니다.

#scene - 2
돌이킬 수 없는 발걸음.
신나는 왈츠가 떠올릴 만한 노래.
이 곡의 악보를 보면 마지막에 도돌이표가 있다.
다시는 돌아갈 수 없는 그 순간, 돌이킬 수 없는 걸음.

#scene - 3
방향 없는 발걸음.
돌이킬 수 없는 발걸음.
돌고 돌아 제자리 반복.
다시는 돌아갈 수도 없는 시간.
다시는 돌아가고 싶지 않은 시간.
너라는 나
나라는 너
결국 우린 돌이킬 수 없나봐.

24년 4월의 유서

무의미하기도 하며 유의미했던 지난 날의 내 인생이네
부족했던 나라는 사람을 사랑이라는 색깔로 덮어주느라
고생해준 사랑하는 내 사람들에게 다시 한 번 사랑한다
고 이야기하고 싶어. 신에게 선물 받은 짧고 짧은 인생
을 살아가면서 조금이나마 나를 남기려 노력했는데,
어찌 잘 남았을지.

남기고 가는 내 시간과 기록들이 멀리멀리
바람타고 구름타고 여행하길.

욕심부리지 말고 비교하지 말고, 작은 것에 만족하면서
오늘을 즐겁게 살기 위해 나에게 주어진 시간에 최선을
다했어. 색깔이 제각각 다르듯이 내가 하루에 경험하는
감정도 매일 새롭게 느끼기 위해 노력했어. 그럼에도 아
쉽고 살고 싶은 마음이 드는거 보니 어쩔 수 없는 죄인
인가 보다.

슬프기도 했고,
많이 울기도 했어.
아프기도 했고,
포기하고 싶기도 했지만
괜찮았어.

이 또한 당신들 덕분에 괜찮았어. 부탁이 있다면 마무리
하는 내 삶에 너무 아쉬워 하지 말아줘.

바람으로 올테니.
계곡물로 오기도 하고,
겨울을 버틴 새싹으로 올게.

지금 처럼만 오늘을 살고 있어줘 조만간 만나러 올게.

행복, 기억

행복과 기억이 내 삶에 같은 속도이길.
하나라도 속도가 달라 함께 걸어가지 못한다면.
내가 살아가면서 너무 아쉬울 거 같아.

행복이 기억보다 느리다면
아무리 모든 순간과 감정을 기억하고 살아도
행복이 옆에 없어 지쳐 누울 거 같다.

기억이 행복보다 느리다면
소중한 순간순간 모든 걸 잊고 말거야.
행복한 하루에 느낀
따스함, 냄새, 장소 이모든걸 잊고 말거야.

그러니 내가 살아가는 동안에는
너희 둘은 같이 걸어주라.
아주 오랫동안 함께 하렴.

사장님 곤약 쫀득이

3월 새싹들이 조금씩 고개를 드는 요즘. "부와앙~!!" 월미도에서 배가 출항하는 소리. 월미도와 동인천역 중간인 자유공원 맨 위에는 자주 가는 카페 1920이 있다. 카페 1920을 처음 알게 된 날 월미도 앞바다를 옆에 둔 이상한 골목이 눈에 들어왔다. 이상하다! 골목이 있는 게 이상하다는 생각이 들만한 장소인데, 골목에 카페라니;;? 골목 들어가기 전 벽에 붙어 있는 홍보 글 '카페 1920 open'이 붙어 있었다. 일제강점기에 사용하던 2층 주택을 개조해서 만든 카페 1920. 처음 들어가니 반갑게 인사 해주시는 카페 사장님이 계셨다.

"젊으신 분이 여기는 어떻게 알고 오신 거에요?"

"그냥 조용한 카페를 찾고 싶어서 찾아 다녔는데 여기가 딱 보였어요!"

"딱 보인다고 하기에는 너무 골목 안에 있는데? 하하하"

다른 일을 하시고 카페를 시작하신 지 딱 열일 되셨다고 이야기하셨다. 많은 사람이 쉴 수 있는 공간이 되었으면 하는데, 젊은 사람이 처음 와서 기쁘다고 이야기하시는 카페 사장님. 그래서 그런지 처음에 시킨 음료는 분명 아아 한 잔인데, 정신 차려보니 옆에는 여섯 잔의 음료 잔이 있었다.

"플루트 에이드 어때요? 달아요? 밍밍해요?", "이번에 제가 만든 1920시그니처 커피에요 어때요? 맛있어요?", "잔이 비었는데 따뜻한 허브차 한잔 드릴까?" 반갑다고 말씀하신 게 빈말이라고 생각했는데 3500원을 받으시고, 음료 여섯 잔을 주시는 거 보니 정말 내가 반갑기는 하셨나 보다. 여섯 잔을 마셨으니 그만큼 나도 당당한 카페 손님으로서 카페를 위해 의견을 나눠줘야겠다는 의지가 생겼다. 사실은 1920 카페가 너무 맘에 들었다. 1층은 아기자기하면서 2층은 월미도 바다와 빼곡히 아등바등 모여있는 집들이 보이는 이 카페가 너무 좋았다. 여유롭게 쉬기 위해서 조용한 카페를 찾았는데, 아! 분명 조용하고 이쁜 카페는 맞다. 단지, 이제 시작한 의지 만땅 덩어리 사장님까지는 내가 계산하지 못했을 뿐이다.

"사장님 제가 음료를 마셔보니 정말 다른 카페 이상으로 맛있어요! 근데, 딱 하나가 아쉬워요. 디저트가 없어요! 요즘 카페를 오는 사람들은 커피를 마시러 오는 사람들도 많지만, 사람들과 이야기하러 오는 경우가 많잖아요. 그래서 손님들이 이야기하면서 조금씩 먹을 만한 디저트도 생각해보시면 좋을 거 같아요."

"디저트...그렇네요...! 고마워요."

일주일 지나고 월요일, 해와 구름이 하루 일상에 적응한 시간쯤 다시 이 카페를 찾아갔다. "사장님! 이번에는 바닐라 라테 주세요." "네! 디저트랑 같이 드릴게요." 디저트?! 일주일 만에 카페에 디저트가 생겼다니 빵 종류일까? 스콘 종류일까 아니면 쿠키 종류일까 기대하고 있을

때 사장님께서 갖다주신 바닐라 라떼, 그리고 옆에는 나를 당황하게 한 이름이 쓰여 있는 디저트가 있었다.

곤약 쫀득이

이 친구를 본 순간... 읽으려고 가지고 간 책은 펼치지도 못하고 생각하기 시작했다. 왜 곤약 쫀득이일까? 빵도 아니고 스콘도 아니고 쿠키도 아닌 왜 곤약 쫀득이일까? 그냥 쫀득이가 아닌 왜 '곤약' 쫀드기일까? 쫀'드기'가 아니라 왜 쫀'득이'일까 먼가 더 쫀드으윽한가? 쫀득이는 구워야 맛있는데 왜 안 구워 주시는 걸까? 근데 왜 이 쫀득이는 생각보다 음료와 잘 어울리는 걸까? 블라블라~~

"어때요? 디저트로 쫀득이 괜찮죠?"

생각보다 개인적으로 너무 좋았다. 이놈이 막 단것도 아니고, 꼬소하이 해서. 그리고 무엇보다 오늘 카페에서 마신 바닐라 라테와 너무 잘 어울려서 별로였다고는 절대 이야기할 수 없었다. 곤약 쫀득이도 좋지만, 많은 사람이 모이는 카페가 되려면 다른 디저트도 필요할 거 같은 생각이 들었다.

"사장님! 쫀득이 너무 맛있어요 좋은거 같아요. 그리고 한두 개 종류로 빵이나 쿠키도 같이 두시면 좋을 거 같아요."

"디저트 종류를 좀 더 생각해 봐야겠네요. 고마워요!"

그 이후로 고개를 들은 새싹이 어느덧, 꽃을 피우고 푸릇푸릇한 잎들이 자기 자랑을 시작한 6월, 달마다 최소 다섯 번씩은 오게 된 1920카페는 어느덧 사장님과 함께 일하시는 바리스타 두 분이 생기셨다. 그분들 덕분에 다양한 디저트도 생기면서 사장님께서 바라신 대로 많고 다양한 사람들이 모이는 카페가 됐다. 그리고 변함없이 내가 카페에 가면 사장님께서는 반갑게 인사를 해주신다. 또한, 까먹지 않으시고 곤약 쫀득이와 따뜻한 허브차나 귤차를 주신다. 조용한 카페를 찾아다니다 1920카페의 외관과 풍경이 맘에 들었던 내가, 이제는 사장님의 반가운 인사와 요즘 잘 지내시냐는 사장님의 안부 때문에 카페를 찾게 된다.

카페에 오시는 손님들이 편하게 이야기하실 때, 입이 심심하지는 않을실까 하는 간단하면서 진심에서 나온 결과물인 곤약 쫀득이. 처음 이야기하셨던 사장님의 진심을 요즘 카페에 갈때마다 느낀다,

곤약 쫀득이가 맛있어서 쿠팡에서 대량으로 주문을 하려고 한 적이 있다. 주문 버튼을 누르기 전에 왠지 대량으로 곤약 쫀득이를 사게 되면 사장님의 배려를 온전히 느끼지 못할까 봐 주문취소를 눌렀다.

지난 날을 돌아보며
나는 최선을 다해 모으고 있었을까.

나에게 허락되어 찾아오는 수 많은 조각.

지금도 놓치고 있는 조각이 있을까봐 겁난다.

조각

주어진 시간을 살아가며 마주하는 수많은 조각들
조각은 때로 가시가 되어 나를 찌르기도 하고,
일부분이 모여 거울이 되어 지금의 나를 비추기도 하며,
모든 조각이 모여 내가 살아가는 세상이 되어준다.

조각을 잡기도 하고,
놓기도 하고,
갖고 싶어 욕심 내기도 하며,
부담되어 놓고 싶기도 했다.

앞으로 또다시 기회가 있을거라 착각해 잡으려고 노력도
하지 않았던 지난날의 내모습. 놓친 조각을 후회하며 오
지 않을 기회를 회상하며 살아가는 지금의 내 모습.
이 글을 남기고 있는 지금도 놓치고 있는 수많은 조각이
있을까 봐 겁이 난다.

후회라는 모래밭에 놓친 조각을 찾으며
살아가는 것이 그게 내 인생의 모습이지 않을까.

지금의 나에게 조각은 어떤 모습일까.
가시일까
거울일까
세상일까

내 조각이 누군가에게 상처만 되지 않길.
허망한 회상을 하게 하지 않으며,
거울이 되어 나쁜 모습을 비추지만 않길
바랄 뿐이다.

조각2

설렘과 긴장 사이 어느 곳에 있는 이름 모를 감정.
그 감정을 가지고 시작했던 우리의 모든 시작.

나뭇잎을 내려놓고
다시 잡을 시기를 기다리던 나무는 어느덧,

나뭇잎을 다시 잡아 우리에게 일상 속
찬란한 녹색의 아름다움을 선물하고 있고,

우리를 다그치기에 바빴던 날씨는 어느덧 힘든 시기를
보낸 사람을 위로하듯 우리에게 따뜻한 본인의 마음을
보여주고 있다.

시작과 동시에 마지막을 걱정했던 지난날의 우리는 어느
덧 긴장하고 있던 내 몸에게 다시 시작할 용기를 불어넣
고 있다.

이미 도착한 사람도 있을테고,
도착할 수 있을지 두려워하는 사람도 있겠지만,
제각각 모든이들의 속도는 다르기에 우리는 걱정과 두
려움이 있었지만, 출발이라는 그 어려운 걸 해낸 우리를
격려해주고 칭찬해주자.

우리는 이미 삶의 끝이라는 도착을 위해 달리고 있는 입
장이야. 모든 과정의 결과만큼 과정과 시작의 용기도 사
랑해주고 중요시 여기자.

너무 잘했어.

감정선

바쁘고 힘든 일상에 네가 얼마나 나에게 큰 힘이
되어주는지 몰라.

무료한 반복이 일상인 내 삶에 생긴 무수한 굴곡들
이 굴곡이 밉지 않다.

높은 굴곡에 올라가 하늘과 인사하고
낮은 굴곡에 내려가 땅과 인사하며.

높낮이가 없는 길이 익숙했던 내가,
높낮이를 선물해준 네 덕분에 나는 살아있음을 느낀다.

나도 네 바쁜 일상에 조금이나마 힘이 됐으면 좋겠다.
반복되는 네 일상에 내가 스며들어

때로는 오르막길을
때로는 내리막길을 너에게 선물하고 싶다.

어차피 우리가 만나야 하는 길이라면
우리 손 잡고 계절을 즐기면서 천천히 걷자.

100

사랑하는 내 사랑아. 그래, 사랑이 어떻게 완벽하겠니. 완벽하지 않은 사람이 모여 자신의 부족한 모습을 보이는 작업인데 어찌 이걸 완벽하다고 이야기할 수 있니. 완벽하지 않기에 의미가 있어. 완벽하기 위해 매 순간 긴장 속에 살고 있지만, 완벽하지 않아도 괜찮다는 너의 말에 나는 긴장을 풀고 한숨을 돌릴 수 있으니, 말이야.

어떻게 확신하냐는 질문을 나에게 한다면 내 남은 손이 한 손밖에 없을 때 너에게 두고 싶기에 이건 사랑이라고 이야기해도 괜찮지 않을까. 완벽하다고 착각했던 내 하루에 다른 의미를 가르쳐줬으니 이건 사랑이라고 이야기해도 괜찮지 않을까.

조금씩 온전히 네 모습을 나에게 보여주는 거 같아서 나는 이제야 너를 만난다. 나도 애써 포장하지 않고 있는 그대로 너를 사랑해야겠다. 어떤 사람인지 판단하지 않고, 세상이 보는 다른 시선으로 너를 바라봐야지.

너에게 진심을 담아 꾹꾹 눌러쓸게. 화려한 문법과 문체로 힘을 주지 않고, 부족하고 어색할 수도 있지만 있는 그대로 내 모습을 보이기 위해 노력할게.

이제 숨김없이 조금씩 진심으로 나에게 너를 보여주기에, 서로의 가치를 인정해 주고 편안하게 서로에게 기댈 수 있도록 노력할게. 우리 그렇게 발맞춰 천천히 걷자.

반복

사람은 사람에게 상처를 받기도 하지만, 위로를 얻기도 한다. 그래서 우리는 상처를 받아도 사람을 찾아 위로를 얻는다. 수많은 이별을 경험하고 마음속 깊은 우물을 마주해도, '이번만큼은 다르겠지', '이번에는 다를 것이다.' 라는 믿음을 가지고 또다시 사람을 만난다. 이제 어느 정도 알겠다고 싶으면, 예상치 못한 곳에서 상처를 받고 또 이젠 괜찮아졌다고 생각했을 때 다시 상처를 받고 사랑이라는 것이 웃게 해주고, 울게 해주며, 다시 웃게 해주는. 정답이 없고, 끝이 없기에 우리는 사랑을 그만하고 싶어도 사랑을 하려고 하나보다.

우리는 언제부터 사랑이라 이야기할 수 있을까.
한 사람이 호감을 느끼기 시작했을 때?
상대방이 나와 같은 마음인지 의심이 되기 시작할 때?
서로의 마음을 확인하고, 관계를 시작할 때?

어쩌면 내 시선이 상대방에게 먼저 갈 때부터였지 않았을까. 수 많은 사람 속에서 그 사람을 찾기 쉬웠을 때.
그 사람의 웃는 모습 때문에 나도 웃기 시작했을 때.
우리는 이미 모든 감각을 활용해 알고 있었을지도 모르겠다. 내가 이 사람을 사랑할 것이라는 걸.

평생을 달리 살아왔기에 부딪치고 넘어지는 순간들이 찾아오겠지만, 그럴 때마다 사랑을 시작하게 된 마음을 더 집중해 보고 싶다. 사랑의 시작은 흔적 없는 눈밭에 발자국을 남기는 것이다. 발자국을 남겼어도, 눈이 오면 그 자국에 다시 눈이 쌓여 자국이 사라진다. 그렇지만 없었던 일이 되지는 않는다 눈밭에 자국을 함께 남겼다

는 것을. 눈이 오는 우리 삶에서 너와 함께 우리의 눈밭
에 발자취를 남겼다는 것을 더 기억하자.

남기고 싶지 않아

글을 쓰기 시작하며 처음으로 남기고 싶지 않은 감정을 마주했다. 마주하는 모든 감정은 기록해야만 의미가 있다고 생각했다. 그랬던 나에게 처음으로 입으로 읽고 싶지 않은, 귀로 듣고 싶지 않은, 눈으로 보고싶지 않은 감정을 마주했다.

아직은 아닌 거 같다. 언제일지는 모르겠지만, 남기고 싶지 않다는 게 지금의 내 마음인가보다. 어쩌면 이 감정을 조금 더 잘 간직하고 싶은 마음이지는 않을까. 마주한 이 감정이 쨍한 햇빛에 조금 더 잘 익기를 바라며. 내 마음에 뿌리를 내리기 위해 단단하지 않은 내 마음을 조금 더 단단하게 다지는 시간을 보내며.

거창하지는 않지만,
그래도 고마운 마음으로 남기고 싶은 내 욕심이기에
흘러오는 감정들을 지금은 남기지 않고 흘려보내야겠다.

똑같은 트라우마

지독하게 슬픔을 마주했던 나는 다짐했었다. '다시는 이런 비슷한 슬픔을 마주하지 않으리라'라고. 마주하지 않기 위해 노력했다. 상처를 줄 거 같은 사람이 주변에 보이면 긴장했고, 나 스스로를 지키기 위해 노력했다. 하지만, 아쉽게도 슬픔은 벽돌 사이에 추락하는 빗물같이 원치 않아도 틈 사이에 스며들어 벽돌 뒤에 숨어 있던 나에게 떨어졌다. 그날은 유독 비가 많이 왔다. 어떤 감정을 마주해도 울지 않겠다고 다짐한 나를 하늘이 위로 해 주듯이 눈물이 추락했다. 가장 어렵고 힘든 것은 마주할 준비도 없이 슬픔은 찾아왔고, 나에게 온 슬픔에 익숙해지기 위해 노력해야 한다는 것이다. 슬픔은 찾아온 이유도 설명 없이 나에게 스며들어 너무 큰 감정이 빠져나간 공허한 자리에 주인이 되었다. 이유모르는 슬픔을 받아들이고 마주해야 한다는 것. 트라우마다, 지독하게 슬픔을 마주하고 다짐했던 나였지만, 나는 똑같이 이유모르는 이 슬픔을 지독하게 마주하고 있다. 슬픔이 찾아오는 타이밍을 알 수만 있다면 얼마나 좋을까. 조금이라도 마음의 준비를 할 수 있는 시간이 있다면 얼마나 좋을까. 처음 마주했던 슬픔은 단순히 뾰족한 가시가 되어 나를 찔러 상처가 아무는 시간이 길게 필요했었다. 이번에 찾아온 슬픔은 가시가 아닌 거울의 모습으로 나에게 찾아왔다. 또다시 슬픔의 늪에 빠질까봐 걱정하고 있는 모습을 비춰줬다. 아직도 나는 나를 사랑하는 방법을 어려워 하고 있구나. 이제는 조금이라도 알고 있다고 생각했는데, 나는 또다시 슬픔을 통해 이렇게 배우는구

나. 커피를 타다 생긴 화상자국처럼 아픔을 자국으로 남겨야만 조심하겠구나. 무섭기도 한 거 같다. 이 이상의 자국이 생길 수도 있지는 않을까. 이번에 찾아온 이상의 큰 슬픔이 찾아온다면 나는 똑같이 슬픔을 받아들여야만 하는 것일까. 얼마나 나는 슬퍼해야 하는 걸까. 벽돌 틈 사이에 스며들었던 빗물은 벽돌의 허락 없이 틈 사이에 들어가 단단한 벽돌에 금이 가게 한다. 그리고 금이 간 그 자리에 새싹을 피워 죽어있는 것들 사이에 생명을 소개한다. 원치 않았고, 준비도 안 됐던 나에게 찾아온 슬픔. 어쩌면 공허한 내 마음에 들어와 금을 새기고 있을지 모르겠다. 그래서 더 유독 아픈 지금의 시기를 보내고 있는 건 아닐까. 그래도 가만 생각해 보면 지독했던 슬픔이 나를 무너지게 했었지만, 무너졌던 나를 구원해 줬던 건 슬픔을 경험하고도 죽지 않았던 경험이다. 아무리 죽을 것같이 아파도 슬픔은 생명이 없다는 것을 알았고, 생명이 있는 나는 생명이 있다는 이유만으로 다시 회복하고 희망을 품는 경험. 그 경험이 금이 간 내 감정에 다시 생명을 키웠다. 슬픔의 끝에는 생명이 있다는 것을 알기에 나는 다시 이 슬픔을 인정하고 마주한다. 나무는 나뭇잎을 떨어트려야만 새로운 나뭇잎을 피워낸다. 아무리 맘에 드는 나뭇잎이어도 나무는 떨어트려야만 한다. 겨울이 찾아왔다. 겨울이 왔음을 받아들이자. 나뭇잎을 떨어트리자. 그래야만 다시 봄이 온다.

좋다고 이야기 한 이유는

많은 경험을 마주하고 이제는 어느 정도 내가 무엇을 좋아하는지 무엇을 싫어하는지 알게 됐을 때, 취향이 확고해짐을 느낀다. 새로운 무언가를 경험할 기회가 많았던 어린 나이에는 뭐든지 좋았고 신기했지만, 경험이 쌓여 싫은 이유가 생겨 이제는 좋은 것 보다 싫어하는 것이 눈에 더 빨리 보인다. 호불호가 명확해진다는 것이 줏대가 있는 보기 좋은 모습처럼 보일지는 몰라도 불호가 많아질수록 '호'가 많아지면 좋을 텐데, '불'만 많아지는 건 자신의 것을 포기하지 못하는 못난 어른인 것 같다.

조금이나마 좋은 사람으로 남기 위해 노력한 것이다. '불'만 보이는 내 시선에서 너로 인해 '호'가 보였던 것이다. 내가 쌓아올린 경험을 무시할 정도로 나에게 소중했기 때문이다. 네 '호'가 너에게 어떤 의미가 있는지 궁금했기 때문이다.

한 번의 좋은 경험으로, 싫을 수밖에 없는 경험을 버틴다는 말을 공감하기에 너와 내가 함께하는 시간에서 네가 더 호가 많아지길 바라는 내 사랑의 표현이었다는 것만 알아주길 바란다.

새 가족

24년 7월은 나에게는 유독 길었고, 비가 많이 왔다. 이별을 먼저 이야기하는 사람이나 이별을 듣는 사람이나 힘들지 않은 사람이 어디 있겠냐지만, 아무런 준비도 없이 찾아오는 이별은 경험했어도 아프고 또 아프다. 나는 사랑은 혼자서 하는 것이 아니기에 관계가 끝날때 두 사람 모두에게 잘못이 있다고 생각하는 입장이다. 그래서 나는 이별을 마주하면 후폭풍을 위해 추억을 정리하려고 노력하고, 그 후에는 이번 연애에서 내 잘못이 무엇인지 스스로를 때리고 또 때려본다. 휘몰아치는 감정을 감당하지 못할때 나는 내 방을 정리하지 않는다. 유일하게 괜찮지 않은 걸 보여줘도 되는 공간이라는 생각이 있어서 그런지, 나만 사용하는 내 공간을 정리하지 않는다. 그날은 유독 그랬다. 모아져 있는 글을 보고 싶지 않았고, 사람도 만나고 싶지 않아 핸드폰 방해모드 금지를 하고 있었고, 나는 그냥, 그냥 멈춰있었다. 그랬던 그날에 누나의 의료직 공무원 필기시험을 합격했다는 소식을 들었다. 준비하는 과정이 얼마나 힘들었는지를 알기에 가족모두가 축하해줬고, 힘든 시기를 보내고 있는 나에게 너무 큰 위로가 되어줬다. 매형의 부모님과 우리 부모님 모두가 기뻐했고, 가족 모두가 밥을 먹자고 이야기가 나왔다. 누나가 나도 밥먹으러 오라고 이야기했다. 너무 기쁘고 가장 축하해주고 싶은 입장이지만, 그 자리가 그렇게 반갑지는 않았다. 가족을 제외한 사람을 만나고 싶지 않은 상태였고, 누나를 온전히 축하해 줄 수 없을까봐 그 자리에 내가 가서 밥을 먹는게 맞는 건지 고민이 들었다.

"민창아 밥 먹으러 꼭 와?!"
'그래, 못 갈 이유는 없지. 어차피 교회도 가고... 그냥
누나를 온전히 축하만 해주고 오자.'

7월의 장마는 왜 이렇게까지 서럽게 비를 흘리는 걸까.
누나와 매형이 살고 있는 영종도에 우리 가족들은 모여
태국음식 식당에서 식사를 하면서 누나를 축하해줬다.

"별건 아니고 오빠랑 같이 선물을 준비했어요! 이건 부
모님꺼 이건 동생들꺼"

부모님은 종이선물박스를 받았고, 나는 상품권이 들어갈
만한 봉투를 받았다. '문화상품권인가?'하는 생각을
하고 있을때, 엄마가 놀라는 소리가 들렸다.

"어머! 경미야!
"엄마 아빠! 이제 5주차에요"

종이박스에는 임신테스트기가 있었다. 모두가 생각하지
도 못한 선물을 받았다. 누나의 1차 시험 통과를 축하해
주기 위해 모인 자리에서 새로운 가족의 소식을 듣고 우
리는 모두 각자 다른 얼굴과 표정으로 누나와 매형에게
답변했다. 그리고 내가 받은 선물에는 초음파 사진과 삼

촌이라고 나를 부르는 축복이 편지가 있었다. 요즘시대
는 아이를 낳는 걸 원치 않는 세상이라고 할 지라도 우
리 가족에게 새로운 생명이 생긴다는 건 얼마나 큰 행복
이고 감동인지를 처음 느꼈다. 축복이의 소식은 두 가족
모든이들에게 행복을 불어넣어줬다. 운동을 열심히 해야
겠다는 엄마, 돈을 더 열심히 벌어봐야겠다는 아빠, 축
복이가 크는 모든 과정을 사진으로 남겨주겠다고 다짐하
는 나. 집에 돌아와 내 방 청소부터 시작했다. 내가 할
수 있는 걸 먼저 해야겠다고 생각했다. 방 청소 후에 글
감이 모여있는 파일을 열어서 책 편집을 시작했다. 세
번째 책 편집은 그렇게 시작됐다. 이별을 경험하고 나
에 대한 혐오가 생길뻔했던 시기에 축복이가 나에게 삼
촌이라는 이름을 선물해줬다. 이별의 슬픔으로 멈춰있
던 나에게 조카의 탄생과 설렘이 다시 나를 움직이게 했
다. 떠나간 사랑을 아쉬워 할 때 타이밍과 각자의 상황
을 이야기하면서 줄곧 우리는 스스로를 자책하는 경우
가 있다. 조금만 더 신경을 썼다면, 내 상황이 조금이라
도 더 좋았다면, 내 상황이 조금이라도 더 좋았다면...하
지만, 사랑이라는 것은 모든 완벽한 타이밍에 찾아오지
않는다. 아니, 애초에 인생에 완벽한 타이밍이라는 것이
있는지도 모르겠다. 그저, 찾아오는 사랑에 최선을 다하
는 것 뿐이다. 지나간 시간을 아쉬워 하지 않겠다. 다가
올 시간을, 다가올 사랑을 기대하며 나를 사랑하겠다.

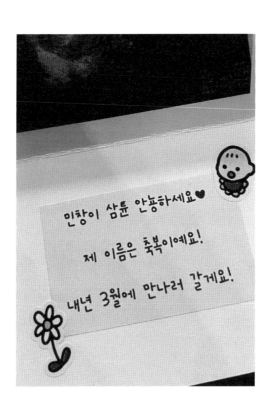

잔잔하고, 푸른바다

네 발걸음을 못 맞추고 항상 빠르게 걸어갔던 순간을
매일 밤 후회하던 적이 있다.
같이 가자고 이야기를 하는 사람은 항상 너였고,
네가 말하기 전까지는 몰랐다,
함께 걷는 속도를 버거워 한다는 것을 말이다.

바람이 불면 흔들리는 나뭇잎처럼,
비가 오면 흘러가지 않기 위해 끈끈하게 모이는 모레알
들처럼. 당신과 함께하는 순간순간이 자연스럽길 바랐는
데 우리는 그렇지 못했다.

수 많은 밤.
어두운 바닷속에서 너를 찾았던 날들이 있다.
바다에 잠겨 너를 찾으려다
나를 바다에 빼앗긴 순간들도 많았다.

네 속도를 알고 있었다면, 같이 가자고 나에게 이야기하
기 전 내가 눈치채고 속도를 맞췄다면.
우리는 서로 손잡고 푸른 바다에 발 담그고
천천히 걸어갈 수 있었을까.

서로의 속도를 맞추지 않아도 되는 관계가 된 우리.
지금은 바랄뿐이다. 우리가 서로를 맞추지 못한 속도가
상처가 아니었길.

깊고 어두운 바다가 아닌, 푸른 바다를 만나
발 담그고 천천히 걸어가길

많은 사람이 이렇게 살아

"그럼 이번 주 일요일에 한 번 나와봐요."

"네 감사합니다. 사장님!"

군대에 있을 때 군대를 먼저 마무리하고, 사회에 나갔던 선임들이 가끔 전화할 때가 있었다. 그래도 군대가 좋았다니~ 주말에 누워서 쉬는 하루하루가 그립다니~ 너랑 아무 생각 없이 간부들 몰래 숨어서 놀고 맛있는 거 먹을 때가 좋았다니~ 뭐라니 블라블라~ 전역을 하고 사회에 나가 적응하는 게 힘들었던 선임들의 한탄이 알바 면접을 보면서 머리에서 떠오른 건. 이건 과연 하늘이 주는 무슨 뜻일까…느낌은 오는데 알고 싶지는 않다… 꼬칫집 알바를 시작하게 됐다. 알바를 시작하게 된 계기는 다른 사람들과 다를 바 없었다. 돈이 필요하니깐. 애매하게 젊은 스물네 살이 아무 생각 없이 즐겁게만 살아가기에는 눈치가 보이는 현실이니 말이다. 이런 이유보다 조금 긍정적인 이유를 말해 보자면 책을 계속 내고 싶어서 그렇다. 한 권, 두 권, 세 권 책을 내기 위해선 자본이 필요하고 알바해서 모은 돈으로 자본을 조금씩 늘리면 더 많은 책을 뽑을 수 있으니 말이다. 아무튼 알바를 시작하게 됐다. 사장님께서 면접 볼 때 나에게 이야기하신 건 간단한 주방 서브라고 이야기하셨다.

"사장님 주방 서브라면 설거지 말씀하시는 건가요?"

"아 설거지도 있고, 다른 일도 있지만 힘든 거 전~~혀

없어요. 힘든 닭꼬치 굽는 건 내가 하니깐 걱정하지 말
고 나와봐요."

사장님이 이야기 하셨을 때 나는 의심 했어야 했다. 꼬
칫집이라고 꼬치만 팔지는 않는다는 걸 말이다. 내가 처
음 알바하러 갔던 일요일이 하필이면 가게 역사상 가장
장사가 잘된 날이었다.

"사장님 안녕하세요!"
"어 그래 언능 손 씻고 와서 오뎅탕 끓여봐"

지지지직~ 꼬치 굽는 소리, 부글부글 물들이 끓는 소리,
치이~프라이팬에 채소를 볶는 소리. 정신없게 귀를 때리
는 소리와 초점 없이 움직이면서 갑작스럽게 말 놓으신
사장님을 보면서 나는 알게 됐다. 여긴 전쟁터고, 쉽지
는 않겠다는 걸 말이다.

'오뎅탕… 물500mL에 간장 넣고 청양고추 넣고 다진
마늘 버섯 애호박 양파 대파 오뎅묶음 배추 넣고 팔팔
끓인 후 위에 쑥갓 올리고 청경채 올리고 주절주절…'

"다 끓였어?"

"네? 아 네…!"

"4번 테이블 오뎅탕이요! 라고 크게 이야기하면서 내보
내"

"아…네! 4번 테이블 오뎅탕이요!"

"야 너 잘하는데? 바로 만드네?"

아…그러게요 이게 왜 바로 만들어졌을까요…? 처음 간 날 내가 만든 오뎅탕 일곱 그릇과 오코노미야끼 여덟 그릇은 잊어버리지 못할 거 같다. 내가 잘 만드는지 못 만드는지도 모르게 정신없는 속에서 만들고 나갔기 때문이다. 적응하는 시간 없이 주방에 부 셰프가 된 나의 첫 출근은 새벽 2시에 마감하고 마무리가 됐다. 그렇게 매주 금 토를 나가면서 이제는 레시피 종이를 보지 않고도 오뎅탕과 오코노미야끼 그리고, 김치 오뎅탕을 만들 줄 알게 됐다.

"민창아 일해 보니깐 어때? 손이 익숙해져 가?"

"네 힘들어도 즐겁게 하고 있어요"
"그래 처음 하는 일을 누가 프로답게 할 수 있겠어 잘 하고 있어."

사장님의 격려와 칭찬에 마음이 찡해지면서 사장님께 궁금한 게 생기게 됐다.

"사장님 그래도 즐거우신 거죠. 가게 일 하시는 거."

"즐겁긴 그냥 몸에 맞으니깐 하는 거지. 힘들어도 나는 몸에 이게 맞아. 새벽에 문 닫고 집에 들어가면 피곤하고 짜증 나지. 근데 하는 거야. 힘들고 짜증 나도 몸에 맞으니깐. 많은 사람이 이렇게 살아."

몸에 맞아도 즐겁지 않은 일이 있다는 사장님의 진심에서 나온 말들. 몸에 맞아도 즐겁지 않은 일을 찾은 사람. 몸에 맞지 않아도 즐거운 일을 하는 사람. 누가 행복하고, 누가 불행한 걸까. 어쩌면 불안, 행복이라고 정하는 것도 의미가 없을 수도 있겠다. 즐겁게만 살아가기에는 눈치가 보이는 우리의 현실에서는 말이다. 그냥 하는 거다. 많은 사람이 불안하다고, 행복하다고 하루하루를 체크하면서 살아가지는 않으니깐. 때로는 하루하루에 의미를 부여하고 살아가는 행동이 자신을 챙기지 못하는 모습이라고 생각하는 경우도 종종 있다. 불안한 하루를 살았다고 결정하게 되면 결국 기분이 안 좋아지는 건 '나'이니깐. 군 전역을 하고, 알바를 시작하면서 많은 날 중. 평범한 하루 중에 너무 많은 의미를 부여하지 않는 연습을 하게 됐다. 그리고, 소중한 사람들을 만나는 날, 내가 좋아하는 계절에, 좋아하는 책과 카페를 찾게 된 날에 더욱더 많은 의미를 부여 하기로 했다. 평범한 하루들 중간중간에 끼어들어 가 있는 소중한 하루는 더욱더 빛날 테니 말이다. 내가 좋아하는 날에 의미를 부여하고, 그냥 그랬던 날에 의미를 부여하지 않고. 이렇게 생각하니 뭔가 신이 된 느낌이기도 하다. '어제 오늘 내일은 네가 만드는 거야.'라는 어른들의 이야기가 어쩌면 이런 느낌이지 않았을까. 사실, 의미를 부여 '한다', '안 한다' 누가 바로 딱딱 똑 부러지게 정하면서 살 수 있겠는가. 일단 해보는 거다. 내가 처음 만들었던 오뎅탕처럼. 그리고 사장님께서 나에게 말씀하신 '처음 하는 일을 누가 프로답게 할 수 있겠어. 잘하고 있어.'라는 격려를 기억하면서 말이다. 이렇게 까지 노력하는 이유.

'소중한 하루가 조금 더 빛나기 위해서' 라는 이유 말고 어떤 이유가 필요할까. 다음 주 금요일에는 사장님께서 꼬치 구워줄 테니 밥 먹고 가라고 이야기 하셨다. 피곤하겠지만, 사장님의 소중한 하루를 의미 있는 시간을 만드는 걸 도와 드려야겠다.

22년 6월 첫 발걸음

"민창아 너 책 온 거 같은데?"

더위가 새벽에 나를 깨우는 요즘.
6월의 막바지인 6월 26일.
새벽에 알바가 끝나고 피곤해서 늦게까지 자려고 했지만, 엄마의 아침 인사는 피곤함을 이겨내게 했다. 언제 올지 모를 지경이던 책이 생각보다 너무 일찍 왔다. 6월 첫 주쯤 책을 내려고 했던 게 생각보다 많이 미뤄져서 걱정하고 있었는데 군대 안에서 꿈꾸던 날을 안경도 쓰지 않고, 바로 일어난 체 맞이하게 됐다. 이상하게 인쇄된 책은 없나, 내지에 들어가 있는 그림도 잘 나왔나. 마지막에 바꾼 맞춤법도 이상 없나, 한 번도 만져보지 않았던 종이를 마지막에 표지 종이로 사용했는데 질감은 어떤지 등등… 걱정했던 것보다 이상 없이 와줘서, 생각했던 것보다 이쁘게 잘 나와서. 너무 감사했다… 이 고마움은 어디에 표현해야 할지… 크흠… 일단 글을 쓰고 고민했던 모든 순간에 함께 하셨던 하나님께 이 영광을 올려드립니다. 그리고, 가제본 한 권 때문에 왔다 갔다 했던 충무로역 고맙습니다. 처음 가제본 신청했을 때 파일을 잘 못 올렸었는데 짜증은 내셨지만, 화는 안내주신 태산인디고 직원님. 고맙습니다. 마지막으로 책 작업과 사진 작업등 내가 하고 싶은 일을 이번 연도에는 해보고 싶다고 이야기 했을때 아무 말 없이 응원하겠다고 해준 가족들 고맙고, 사랑합니다. 블라블라~

즐겁고 행복한 시간도 잠시, 이제는 실전이다. 이제는

94

내가 사랑하는 책방들의 책장에 내 책을 꽂는 꿈이 남았다. 책 이상 여부를 확인하고 바로 시작한 작업은 입고 신청을 하기로 마음먹은 책방들 정리, 입고 신청 pdf 파일 준비하는 거였다. 내 주변 사람들이 내 글을 읽어 주는 것도 정말 소중한 일이지만, 내가 정말 책을 만든 이유는 내가 느꼈던 감정들로 쓴 글이 나도 모르는 누군가에게 흘러가길 바랐기 때문이다. 모르는 사람들이 읽어 줬으면 하는 이유는 내 '경험' 때문이다. 존경하는 태재 작가님과 글로 나에게 위로를 주시는 박지수 작가님. 두 분을 책으로 만났던 날을 아직도 잊지 못한다. 20년 9월 군대 가기 50일 정도 남았을 즘. 나는 내 안에 어둠과 싸우고 있었다. 하루는 너무 우울해서 집 밖에 나갔다. 목적지도 없이 그냥 걸었다. 산책이라고 하기에는 내가 걷고 있는 행위에서 위로와 힐링을 받지 못했기 때문에 그냥 방황이라고 설명하는 게 편할 수도 있겠다. 오른쪽으로, 왼쪽으로 꺾지도 않고 고개를 내리고 움직이는 두 발을 보면서 그냥 앞으로만 걸었다. 이날에 나는 열심히 일하는 알바생들, 학교가 끝나고 횡단보도에서 초록 불을 기다리고 있는 초등학생들, 트럭에서 내려짐을 옮기시는 아저씨…열심히 사는 사람들을 보고 싶지 않았다. 그래서 고개를 내리고 걸었던 거 같다. 어느 정도 걸었으려나, 좋아하는 카페가 마감을 준비할 때쯤 사람들의 소리를 듣고 싶으면 서점을 가야 한다는 말이 내 머릿속 어딘가에서 불쑥 튀어나왔다. 무작정 검색했다. 근처에 책방이 있는지, 그리고 네이버 지도에서 발견한 책방에 갔다. 배다리에 있는 '커넥더닷츠'라는 책방은 무인 책방이었고, 여기서 태재 작가님과 박지수 작가님을 만났다. 태재 작가님의 [책방이 싫어질 때]와 박지수 작가님의 [어른 네 살]이라는 책 두 권을 만났기에 지금의 내가 글을 쓰고 있다고 믿는다. 그때는 왜 그렇게 이 두 권이 나에게 위로가 됐는지 모르겠다. 누군가를 위로하려고 하지 않고 자신이 경험한 감정들을 그냥 아무런 바램 없이 써 내려간 두 작가님의 글이 부담스럽지 않게, 정말 사람냄새가 났기 때문에 위로를 받았던 거같다. 그래서 무작정 이 두 분께 디엠을 보냈다. 너무 감사하다고. 책이, 작가님이 나에게 위로를 주셨다고. 그리고, 나도 글을 쓰고 싶다고 말이다.

지금 내가 경험하고 있는 이 아픔이 누군가에겐 위로가될 수 있다는 생각이 들었다. 참 하나님 인간을 소름 돋게 잘 만드셨다. 큰 꿈을 가지고 군대에 들어가 18개월 동안 글을 모았고 전역하자마자 글 작업과 책 작업 독립출판 등록, 엽서작업 등 다양한 일을 하며 정신없게 보냈다. 그리고 태재작가님의 수업을 듣게 되기도 했고, 내가 만든 책을 내 손으로 만질 수 있게 됐다. 많은 사람이 물어본다. 왜 책을 만드냐고, 왜 독립출판으로 책을 내는 거냐고. 개인적으로 글을 쓰는 사람들은 많지만, 글을 쓰는 것과 책을 만드는 건 다른 결심을 해야 해서 사람들이 물어보는 거 같다. 내가 독립출판을 결정한 이유는 여기가 안전한 공간이라고 느꼈기 때문이다. 책을 통해, 작업을 통해, 수업을 통해. 독립출판 쪽으로 일하시는 프리랜서 작가님들의 선한 영향력이 멋있어 보였다. 독자들에게 소비될 하루를 살아가도 이분들의 책은 누군가에게 지식을 뽐내기 위해, 지나친 위로하기 위해, 자랑하기 위해 세상에 나온 책들이 아니기 때문이다.

한 사람 한 사람의 다름을 인정한다. 좋고, 나쁜 사람을 정의하지 않는다. 한 권 한 권 다름을 인정한다. 좋고,

나쁜 책을 정의하지 않는다. 개인의 소리를 남긴 책이라면 책이라고 인정한다. 모든 내면의 고민을 통해서 나온 결과물을 인정해주는 공간이라고 믿기 때문에 나는 독립출판으로 책을 남기기로 한 것이다. 그리고, 내가 책을 만드는 이유는 막 거대한 이유는 없다. 그냥 남기는 거다. 내가 걷는 길에 발자국을 찍는 것처럼 말이다. 다른 작가님들의 발자국을 보고 위로를 받고 내가 걷고 싶다는 마음이 생겼던 것처럼 나도 이분들처럼 그냥 발자국을 남기는 거다. 7월 중순쯤 일단 차이나타운 쪽에 있는 자주 가는 책방에 입고할 거 같다. 항상 좋은 책을 찾기 위해 책 구경하던 책방 책장에 내 책이 놓인다고 생각하니 이것만으로도 정말 설렌다. 두 발아래를 보면서 무조건 걷기만 하던 엊그제 내가 지금은 뒤돌아보는 행동도 할 수 있게 됐다. 그리고, 뒤돌아보니 생각보다 많이 걸어왔다는 걸 느낀다. 군대에 가기 전 '나'와 군대를 다녀온 지금의 '나'는 사실 크게 변한 건 없다. 뿔테안경과 머리를 가르마 타는 걸 좋아하게 됐다는 거 정도? 내가 만든 책이 누군가의 삶을 크게 변화시킬 수 없다고 나는 믿는다. 내 글이 누군가의 인생을 바꾸는 글이 되고 싶지도 않다. 단지, 지금의 내가 바라는 게 있다면 태재작가님과 박지수 작가님 두 분이 글과 책을 통해 나에게 뒤돌아보는 행동을 알려준 것처럼. 나도 내 글과 내 책을 접한 사람들에게 한 번쯤은 뒤돌아봐도 좋을 거 같다는 가벼우면서도 진지한 감정선을 던져보고 싶다. 감사한 마음을 담아 내가 좋아하는 책방에 책을 입고를 했다. 오랫동안 누군가의 책장에 보관되는 책이 되길 기대하며 그곳에 놓고 왔다.

22년 9월 7일

내가 지금까지 내면의 길을 걷고 있다고 생각하면, 얼마
나 걸었는지 보여주고 싶다는 생각이 들어 글을 써 본
다. 나는 사랑을 잘 나누는 사람이라고 생각한다. 그리
고 눈치도 빠르고 공감도 잘하는 감정 덩어리라고 생각
한다. 그리고 상처도 잘 받는다. 상처를 받는 이유도 결
국엔 사랑이라고 이야기 하면 편할 거 같다. 나에게 사
랑이라는 단어는 어마어마한 산 같은 존재가 아니다. 그
냥 옆에 있는거다. 당연한 거다. 근데, 내가 나눈 사랑
이 상대방에게는 상처가 됐던 경험을 한 후 나는 모든게
무너졌다. '나는 사랑을 나누는 사람인데 그게 상처라
고 이야기 한다면…내가 지금까지 흘린 사랑은 뭐지? 나
는 잘못된 인생을 살아온건가?' 동굴을 파기 시작했다.
22년 살아오면서 처음 마주해본 내 동굴이었다. 동굴의
이름은 '가해자'였다. 사람들에게 상처를 준 가해자
가 들어가는 동굴이라는 뜻을 가지고 있다. 깊은 동굴,
빛이 보이지 않아 벽에 부딪치며 스스로를 상처냈다. 나
는 사람들에게 상처를 준 '가해자'니깐. 깊은 동굴 속
에 들어가 보니 내면의 내 모습을 마주했다. 나는 평생
을 좋은사람이라고 생각하지 않았다. 때문에 좋은 사람
이 되기 위해서 노력하며 살아왔다. 남들이 필요한 부
분, 부족한 부분을 채워주는 사람이라면 좋은사람이 될
수 있다고 생각했다 최소한 남들에게는 말이다. 이 모습
을 마주해 보니 알았다. 나는 '나'를 위해 상대방에게
사랑을 줬다는 걸 말이다. 좋은 사람이 되기 위해. 나의
부족함을 채우기 위해.

이 모습에서 나는 지금까지 사랑이라고 생각했던 행위에 진짜 단어를 찾았다. '욕심'이다. 나는 욕심을 잘 나누는 사람이라고 생각한다. 그리고 눈치도 빠르고 공감도 잘하는 욕심 덩어리라고 생각한다. 그리고 상처도 잘 받는다. 상처를 받는 이유도 결국엔 욕심이라고 이야기 하면 편할 거 같다. 나에게 욕심이라는 단어는 어마어마한 산 같은 존재가 아니다. 그냥 옆에 있는거다. 당연한 거다. 근데, 내가 나눈 욕심이 상대방에게는 상처가 됐던 경험을 한 후 나는 모든게 무너졌다. 착각하며 살아왔던 거 같다. 사랑을 혼자 만들 수 있다고 말이다. 최근에 내가 의지하는 교회누나와 이야기를 했던게 떠오른다.

"평생을 다르게 살아온 사람과 감정을 공유한다면 지금까지 살아온 시간 보단 아니더라도 최소한의 시간이 필요할 텐데 어떻게 사람들은 '첫눈에 반했다' '사랑한다' 라는 말을 쉽게 할 수 있을까. 나는 그 말을 믿지 않아."

사람에게 상처를 받고 싶지않았기 때문에. 좋은사람이 되고 싶었기 때문에. 나는 사랑을 혼자서 만들 수 있는 척을 해왔던거 같다. 신도 아닌데 말이야. 그래서 군 전역을 하고 시작하고 있는게 있다. 정말 '사랑' 하는 법. 일단 사람을 진심을 다해 챙기는 연습부터 시작한다. 그렇기에 일단 나를 챙겨 보기로 했다. 지금까지 남을 위해 사용했던 내 에너지를 이제는 나를 위해 쓰려고 노력한다. 그런 연습을 하다보니 사람을 만나는데 에너지가 쓰여 피곤해 하는 내 모습이 보이기 시작했다. 신기했다. 내 방에서 혼자서 노래듣고 글을 쓰면서 충전을 하는 내 모습이 신기했다.

사랑을 담지 못하는 그릇

초등학생 4학년 때까지는 할머니가 시키시는 심부름
이 좋았다. 심부름이 좋은 이유는 정말 많았다. 첫 번째
로 당당히 엄마에게 할머니의 심부름이 있으니 혼자 밖
을 나가야 한다고 이야기할 수 있었다. 어려서부터 밖에
나가서 아무런 이유없이 동네를 걷는 걸 좋아했던 거 같
다. 내가 살던 옛날 주택 집에 나와 바로 옆에 있는 골목
으로 나가면 또래의 동네 친구들이 도로에서 인라인스케
이트를 타고 있었고, 누구의 집인지도 모르는 정문 문턱
에 앉아 유희왕 카드 게임을 하고 있었다. 도원역 듀얼
리스트들의 싸움을 보다가 심부름을 까먹고 아차 하면서
슈퍼로 뛰어갔던 적이 한두 번이 아닐 거다. 히히…

두 번째로 심부름이 좋았던 이유는 물건을 사고 남은 거
스름돈은 항상 할머니께서 나에게 심부름 값으로 주셨
기 때문이다. 초등학교 시절에 항상 학교에 가기전 엄마
가 쥐여주는 천원이 전부였던 나에게 할머니께서 주시
는 심부름 값은 어마어마한 금액이었으니 말이다. 학교
가 끝나면 항상 분식집에 들러 500원짜리 컵 떡과 슬러
시를 먹었다. 가끔은 유혹이 있었다. 친구들이 뽑은 유
희왕 레어 카드를 보면 컵떡과 슬러시 둘 중에 포기하고
500원짜리 카드 팩을 샀다. 하지만, 할머니의 심부름
을 했던 주는 '이런 유혹쯤이야 당해주겠어' 라는 마음
가짐이었다. 갑자기 기억난 건데 하루에 한 팩 한 팩 샀
던 유희왕 카드팩을 성인이 돼서 문방구에 가 이만 원어
치 산 적이 있다. 근데 확실한 건 500원으로 하루에 한
팩씩 샀던 그 감성과 재미는 이만 원으로 살 수 없었다.

어렸을 때의 나보다 진심이 부족했나? 뭐 암튼…

그렇게 할머니는 자주 심부름을 시키셨던 기억이 있다.
사실 나에게 할머니는 무서운 존재셨다. 왼손잡이로 태
어난 나는 기억의 시작인 5살 때부터 할머니에게 오른
손을 사용하는 교육을 받았다. 그리고, 다른 아이들보
다 한글이 느렸던 나는 일요일 교회를 다녀오고 집에 오
면 아빠와 할머니에게 혼나면서 한글을 배웠다. 이 기
억 때문에 그런지 나는 만약 아이를 낳는다면 한글의 글
자 모양보다 뜻을 먼저 느끼게 해주고 싶은 바람이 있
다. '사랑'이라는 단어의 모양 보다, 뜻을 먼저 알려
주는 아빠가 되고 싶달까. 이런 이유로 할머니는 어려서
부터 나에게는 엄한 할머니의 이미지가 컸다. 그리고 고
모가 사촌 동생을 낳으신 후 대학교에서 일하는 고모의
육아를 돕기 위해 고모네와 함께 사시고, 중학교 3학년
때쯤 다시 우리 집에서 함께 사시게 되셨다. 이유는 이
러했다. 할머니가 아프게 되셨다는 거. 고모네가 울산이
기 때문에 서울 병원에 가기 어려우니, 인천에서 사는
우리 집에서 함께 지내기로 하셨다는 거다. 그리고 우리
집에 울리는 정문 벨 소리. 할머니가 오셨다. 나는 당연
하게 문을 열어 줬고, 내가 열은 문을 밀고 들어오시는
할머니는 더 이상 내가 알고 있던 엄한 할머니가 아니셨
다. 아프다는 이유로 많이 위축되셨던 모습이셨고, 항상
커다란 산을 보는 듯한 느낌을 주셨던 할머니에게 더 이
상 커다란 산이 보이지 않았다.

"민창아, 아파트 단지 나가서 요구르트 좀 사 와줘"

"네 할머니!"

"할머니! 사 왔어요~"

"에구 고생했네~ 거스름돈은 심부름 값해 우리 손주"

초등학생 때 받은 심부름 값과 똑같은 금액. 중학생이었던 나는 옛날처럼 막 행복하지는 않았다. 아니, 어쩌면 당연히 받아야 한다고 생각했던거 같다. 머리가 컸으니, 심부름은 했으니 값은 받아야 한다고 생각하던 거 같다. 고등학교 3학년을 올라가기 전 내리는 눈마저도 짜증 나던 19살의 겨울. 몸이 좋아지고 있다고 생각했던 할머니가 우리 가족과 인사를 하셨다. 작은할머니에게 민창이 좋은 신학도의 길을 갈 수 있도록 기도 부탁하고 가셨다는 이야기를 들었다. 아프신 와중에도 할머니는 손주 손녀들에게 값없는 사랑을 뿌리신 모습에 울컥했다. 장례를 치르는 동안 우리를 위해 기도하시는 할머니의 모습이 보였다. 할머니를 보내 드리고 우리 가족과 고모네 가족은 우리 집에 모여 마지막 할머니 짐을 정리해 드렸다. 그리고 아빠가 나와 누나 그리고 사촌 동생 민규와 서연이를 부르셨다.

"할머니가 손주 손녀들에게 주시는 마지막 용돈이야. 할머니께 감사하다고 말씀드리고 써."

할머니의 장례식에 와주신 분들이 주신 부조금. 부조금에서 아빠는 한명 한명에게 10만 원씩 주셨다. 할머니가 나에게 주시는 금액은 달랐어도. 손주를 챙기고 싶으신 마음은 똑같으셨을 텐데. 나이를 먹을수록 생각과 몸은 커도 할머니의 사랑을 담아놓는 그릇은 작아지고 있었다는 걸 알게 됐다. 참 당연하게 생각했던 거 같다. 평생 받을 수 있는 사랑이라고 생각했던 거 같다. 당연함에 속아 소중함을 잃지 말라는 말이 너무 공감되는 시간이었다. 앞으로 할머니에게 받았던 이런 값없는 사랑을 또 받아 볼 수 있을까. 나는 할머니에게 좋은 손주였을까. 할머니와 조금 더 많이 산책할걸. 경험을 해봐야 후회를 한다는 게 참으로 슬픈 현실로 다가왔다. 20년 10월 11일 군대 가기 하루 전 할머니는 내 꿈속에 나와 내가 좋아하는 할머니 식혜와 명태전을 해주셨다. 하늘나라에서도 손주 군대 가기 전 밥 먹이고 보내야 한다고 땡깡 좀 피셨나 보다.

잔상이 남은 특별함

와작지껄한 꼬칫집.

13개 4인용 테이블을 지나면 내가 일하는 주방이 보인다. 꼬치들이 화장하는 소리. 채소들이 다른 채소들과 물속에서 공동체가 되기 위한 그들의 노력이 보인다.

오후 9시부터 11시까지는 정신없이 주방일을 한다. 뜨거운 숯과 오랫동안 근황을 이야기하면 정신이 혼미해진다.

"민창아 홀에가서 수저 닦으면서 찬 바람 좀 쉬어~"

사장님의 진심 어린 센스는 늘 환영이다.
음악을 틀었는지도 모를 홀에 나가 수저를 닦고 있으면 참 다양한 사람들의 장면이 내 눈에 들어온다.

좋아하는 여자에게 고백하는 장면.
싸우고 있는 커플들의 장면.
오해를 푸는 친구들의 장면.
산책하고 시원한 맥주 마시러 온 부부들의 장면.

오늘 내 눈에 들어온 사람들의 하루는 참 특별했을 거같다. 특별한 하루가 별게 있나, 좋든 나쁘든 하루의 잔상이 오랫동안 머리에 맴돈다면 그게 특별한 하루겠지. 와작지껄한 소리가 사라지면 나는 남들보다 조금 늦게 하루를 마무리하고 새벽 1시에 퇴근한다. 퇴근하고 집까지 걸어가는 나는 알바하며 만났던 사람들의 특별한 하루와 함께 새벽공기를 맞으며 산책한다.

산책하던 문득 나는 나에게 질문한다.
그리고 나는 나에게 공감한다.

"그러게, 내 하루는 평범했는데 말이야."

특별한 하루가 누군가에겐 평범한 하루일 테니.
그때의 계절, 냄새, 감정이 만든 잔상에 갇혀있을 필요
는 없겠다.

언제인지 가물가물해져 버린 언제 몇 년 언제 월.
잔잔한 호수를 바라보며 서로는 바라보지 않는 우리.
아늑함을 느끼게 해준 네 향수 냄새가 오늘은 나를
긴장하게 만든다.

이별을 이야기한 너.
그 상황에 너를 공감하려고 노력한 나.

너와 헤어지고 오늘 하루가 나에게 없길 바라며 집에 가
는 길에 너와 함께 나눈 모든 순간을 지웠다. 집에 들어
와 씻지도 않고 바로 침대 이불에 들어가 오지도 않는
잠을 자려고 노력한 나. 오늘 하루가 나에게는 없었던
하루이길 바라며. 나에게는 없어야 하는 하루하루여야
하는데, 너무 많은 잔상이 아직도 내 머릿속을 돌아다녀
특별한 하루로 남아있다. 그 이상 그 이하도 아니다. 좋
든 나쁘든 머릿속에 오랫동안 남아있는 그저 하나의 특
별한 하루다.

새벽 공기마저 졸려 하는 새벽2시.
늦은 하루를 침대가 위로해준다.

아 쎄 맘마맘마 무우

어려서 부터 나는 나의 장점을 쓰는 칸에는 항상 진득함과 꾸준함을 썼다. 내가 좋아하는 무언가를 가지게 된다면 다른 사람들 보다 조금 더 오래 꾸준히 천천히 사랑할 줄 아는 사람이라고 생각한다. 그래서 그런지 좋아하는 것도 많고, 하고 싶은 것도 많은 사람이다. 때로는 좋아하는게 많은 내가 부럽다는 사람을 만나면 너무 이것저것 관심이 많은거 같아 내가 좋아 보이지 않았던 적도 있었다. 근데 뭐 없는 것 보단, 좋으니깐 ㅎ 그 중 나를 잘 아는 사람들은 내가 좋아하는 걸 생각하면 토이스토리를 떠올려 준다. 맞는 말이다. 하지만, 내가 이런 진득함과 꾸준함을 배우게 해준 취미는 다른 취미가 있다. 이젠 취미는 아니고 잔잔한 내 삶에 가냘한 선이 된거 같다.

"민창아 잘지내? 누나 결혼해ㅎㅎ 와달라는건 아니고 연락으로라도 인사하고 싶었어"

누나가 오랜만에 연락왔다. 누나를 알게 된건 14년 5월이였다. 가만 생각해보면 누나랑 나는 친해질 수 있는 순간이 없었다. 지역도 다르고, 교회도 누나는 다니지 않고, 횡단보도에서 반대방향으로 걸어오는 사람정도의 친분이어야 하는 사람인데 나는 누나와 좋은 추억이 있다. 누나를 처음알게 된 건 다음에 있는 카페였다. 카페가 생긴지 얼마 안되서 자유롭게 번호도 공유하고 카페에서 만난 사람들과 단톡방을 만들어 우리가 좋아하는 이야기를 했다.

"이번주 마마무 뮤직뱅크 의상 대박이야!"

오래된 노래만 듣던 중3 김민창은 아이돌이라는 k팝 문화를 좋아하지 않는 아이였다. 마마무를 만나기 전까지 말이다. 마마무는 다른 아이돌과 달랐다. 실력도 실력이지만, 모든 무대에서 자신들이 가수의 삶을 얼마나 꿈꿔왔는지 보여주는 무대를 매주 했다. 행복해 보였다. 그래서 나도 궁금했던거 같다. 이 사람들이 원하는 삶의 모습이 어떨지 말이다. 아침에 일어나 학교가기전 컴퓨터를 켜 마마무 노래를 멜론으로 무한스밍을 했다. 그리고 학교에 가서는 공기계로 마마무 노래를 쉬는시간마다 들었다. 가끔은 학교 근처에 있는 대학교에 마마무가 왔다는 소식을 들으면 선생님께 돌려서 말하지 않고 "마마무를 봐야할거같습니다." 이야기하고 혼났다. 야구배트로 5대만 맞으면 마마무를 볼 수 있었다. 내가 마마무 덕질을 하는거에 떳떳하고 싶었다. 그래서 엄마아빠에게도 진지하게 말했다.

"마마무라는 아이돌을 좋아하게 됐다. 학업이랑 내가 해야 할거는 잘할테니 마마무를 쫓아다니는거로 혼내지는 말아줘" 그리고 엄마랑 아빠는 허락해주시면서 20살 전까지는 쫓아다니라고 이야기 해주셨다. 내가 아직까지도 자랑하고 싶은 건 마마무를 통해 정말 많은 사람들을 어려서 부터 만났다는 것이다. 모르는 사람이라도 마마무 팬이라면 없던 정도 생겨서 밤을 새면서 마마무 이야기를 했다.

아이돌 육상대회에 좋은 자리를 앉겠다고, 팬들과 함께

노숙을 하면서 놀았다. 그런 나지만, 학교에서 내가 마마무를 좋아한다는 이유로 놀림을받고 싶지 않았다. 그래서 최선을 다해서 내가 할 수 있는 만큼 공부를 하고 성적을 유지 했다. 그렇게 4년을 쫓아다니고 20살이 된 후 엄마랑아빠가 예상하셨는지, 나는 자연스럽게 마마무를 쫓아 다니지 않았다. 돈도 너무 많이 깨지고, 내가 덕질을 하던 그때와 18년도 마마무는 너무 많이 성장해서 많은 팬들이 있었다. 그리고 나는 정말 다해봤기 때문에 이제는 '됐다!' 라는 뿌듯함도 있었다. 돌아오는 13일에 마마무가 컴백을 한다. 그리고 재계약을 하지 않은 휘인은 이번년도까지 마마무 활동을 한다. 사실상 내가 좋아하는 마마무는 22년도로 해체를 한다. 그래도 한 명한명이 하고자 하는 분야가 있기에 솔로활동을 열심히 할거 같다. 나는 지금처럼 그래왔듯이 어떤 자리에서든 마마무 각자의 소식이 들리면 잔잔하게 응원해줄 거 같다. 마마무 덕분에 많은 인연을 쌓았고, 다른 사람들이 사는 이야기를 많이 들었다. 유튜브를 통해 마마무 멤버 한 명 한 명의 근황과 소식을 찾아본다. 지금처럼만 자신이 하고 싶은 노래를 만드는 삶을 이어가길 바랄뿐이다.

지겨운 경험의 연속

비가 내리고 그치고를 반복하며 매미들의 울음소리가 날씨를 설명해주고 있다. 추락하는 비를 맞고 진해진 풀들의 냄새. 강한 햇빛때문에 나무의 그늘이 얼마나 소중한지 알게 되는 요즘의 날씨. 이유모를 공허함과 싸우고 있는 요즘의 나에게 여름은 햇빛을 막아주는 나무의 그늘처럼, 무너질 법한 순간마다 나를 지탱해주는 그런 날들이 많았다. 행복만을 바라면서 주어진 하루에 최선을 다해 사랑하며 살아가는 것이 내 삶의 목표인데, 이렇게 어려울 줄이야. 견고하게 나에게 오는 바람을 이겨내기 위해 뿌리를 내리는 작업이 이렇게 어려울 줄이야. 사랑하는 사람에게 보여주는 내 마음을 이쁘고 정리된 꽃다발처럼 보여주고 싶었다. 흙이 묻은 뿌리를 보여주고 싶지 않았다. 바람을 견디는 내 모습을 보여주고 싶었다. 조금이라도 더 깊숙히 내리기 위해 발버둥 치는 뿌리의 모습을 보여주고 싶지 않았다. 하지만, 사랑이라는 건. 주어지는 하루를 최선을 다해 살아간다는 건. 결과가 아닌 과정을 함께 공유하는 것임을 이번 계절에 알게 됐다. 지독하게 나는 또 다시 자국을 남겨야만 알게 됐다. 어쩌면 과정이 아닌 결론을 보고 싶었던 내 욕심이지 않았을까. 이번에 찾아온 사랑이 과정이 아닌 결론이길 바랐고, 내가 공부하고, 남기고 있는 일들이 과정이 아닌 결론이길 바랐다. 더는 경험하고 싶지 않았던 거 같고, 배우고 싶지 않았던 거 같다. 아직도 내가 서툴다는 것을 인정하고 싶지 않았다. 그런 여름을 보내고 있던 나에게 예상치 못하게 너무 행복한 날이 찾아왔다. 역시 나는 사랑을 받고 있었고, 행복만을 바라며 태어난 것임을 확신하는 그런 날이었다. 이런 경험을 하고도 또 다시 나는 사랑을 하고 싶어졌고, 주어진 하루에 최선을 다해 살아가고 싶어졌다. 지겨운 경험이 또 다시 나에게 살아가야 하는 이유를 알려줬다.

네 사계절을 응원해

'사랑한다'의 그 이상의 감정을 너에게 보여주고 싶을 때 나는 '네 사계절을 응원해'라는 말을 사용해. 모든 순간을 함께 하겠다는 뜻이야. 계절 속에 살아가며 너에게 찾아오는 모든 순간을 응원하겠다는 내 마음이야. 아무리 세상이 개인주의를 이야기한다고 해도 이왕 살아가는 세상 속에 너를 응원하는 사람이 한 명이라도 있으면 얼마나 힘이 되겠어. 너는 모를 수도 있지만 누군가 나를 위해 응원한다는 것이 얼마나 큰 자산인지 몰라. 내가 그 역할을 해주겠다는 뜻이야. 봄 여름 가을 겨울 세상을 살아가며 찾아오는 계절 속에 네가 경험하는 모든 순간을 내가 응원할게. 그게 내가 가장 잘 할 수 있는 일이고, 내 마음을 너에게 가장 잘 보여줄 수 있는 거 같다. 나는 늘 같은 자리에 있을거야. 그리고 그 자리에서 너를 응원하고 있을거야. 아무리 우리가 육체적으로 감정적으로 멀어진다고 한들 나는 너를 응원할게. 그게 네가 나에게 줬던 사랑에 대한 보답의 모습인 거 같다. 도저히 일어설 수 없는 순간이 찾아온다면 네 주변에 있는 나무를 바라봐바.

봄에는 분홍빛을 보여주고 있을테고, 여름에는 진한 녹색을 보여주고 있고, 가을에는 다양한 색깔을 보여주고 있으며, 겨울에는 초라한 가지만을 보여주고 있겠지. 내가 이야기하고 싶은 것은 그 시간은 자연의 자연스러움일거야. 억지로 일어나려고 노력하지마. 일어날 힘이 생기는 시간이 자연스럽게 너에게 올거야. 넘어져 있는 너를 비난하지마. 다시 새로운 나뭇잎을 피우기 위해 잠시 멈춘 것 뿐이야.
그러니 넘어져 있는 너를 사랑하고 있어줘.
내가 응원할게.
내가 옆에 있을게.

얼마만큼 나를 사랑해 줄 수있냐는 질문에
나는 이렇게 대답할게.

네가 생각하지 못할 그 이상의 시간을
너와 함께하고 싶다고,

흘러가는 모든 시간 속에 너를 생각하며
살아가고 싶다고.

어떤 모습으로든 네 사계절을 응원하겠다고.

추진력

스스로를 행복하게 하는 것이 어려울 땐 다른 사람을 행복하게 만드는 일에 몰두했다. 그 안에 행복을 발견하고 싶었기 때문에. 사랑이 어려울 땐 다른 사람들의 사랑을 응원했다. 서로 사랑하는 그들의 눈빛과 마음속에서 사랑을 발견하고 싶었기 때문에. 글감이 생각이 안 날 때 책을 읽었고, 책을 읽는 것도 지겹고 힘들 땐 사진을 찍었다. 무언가를 끊임없이 남기고 싶은 마음 때문에. 책을 내보니 다른 이야기를 내고 싶었고 또다시 책을 내보니 또 다른 이야기를 남기고 싶었다. 이렇게 해보니 나는 살아가진다. 무언가에 몰두하고 열정을 쏟으면 나는 살아가진다. 그렇기에 내 삶의 추진력을 늘 갈망하며 살아간다.

'이번에는 무엇을 남겨 볼까.'

그렇게 고민하고 마음 쓰고 힘을 쓰며 남기며 살아가니 나는 또다시 추진력을 얻어 살아가고 있었다. 멀리 날아가 보고 싶다. 추진력이 사라지면 다시 힘을 얻을 수 있도록 여분의 엔진을 챙겨멀리 날아가 보고 싶다. 그렇게 내 삶을 정의한다. 여전히 사랑은 어렵고 스스로를 행복하게 만드는 방법은 어렵지만, 내가 남기는 수많은 글자 조각이 앞으로 날아갈 길이 되어준다. 그리고 그 길을 걷는 내 삶이 소중하고 귀하다.

모든 이들의 삶을 응원하고 싶다. 내가 뭐라고 응원을

하냐지만, 정말 당신을 응원하고 싶다. 누군가는 나를 얼굴 한 번 본 적 없는 사람일지라도 당신을 응원하고 싶다. 추진력을 잃은 당신이라면, 네가 무엇을 좋아하는지 열정을 쏟는 게 어려운 당신이라면. 자신이 하고 싶은 일이 무엇인지 알고, 누군가에 의해 만들어지는 삶이 아닌. 느려도 스스로 걸어가는 삶이 얼마나 행복한지 그리고, 충분히 당신도 추진력을 얻어 날아갈 힘이 있다는 것을 알려주고 싶다. 힘이 있는지 어떻게 확신하냐고? 누군가가 허락한 한 번밖에 없는 소중한 인생 중에 그 귀하고 귀한 시간 중에 내가 남긴 글 조각을 발견했잖아. 처음은 모두가 그렇게 시작하는 거니깐.

그때와 비슷한 오늘 날씨

내 방 창문에 보이는 나무. 나뭇잎 사이사이에 미친 듯이 추락하는 빗물의 눈물 소리로 일어나는 아침이었다. 먹구름이 아침을 가려 오전인지 오후인지를 구분하기 어려웠던 날이었다. 그런 날씨여서 그랬을까. 일어나기 전에 꾸던 꿈도 오늘 날씨와 비슷했다. 오늘 같은 날씨에 우산을 쓰고 길을 걷고 있었고. 그 우산 안에 네가 찾아왔다. 우산 밖에 소리는 빗소리밖에 들리지 않았고 나와 너는 서로의 소리에 집중했다. 그리고 우리는 서로를 바라보지 않고 앞만 바라보고 있었다.

"나 보고 싶지 않아?"

"미친 듯이 보고 싶은데, 미친 듯이 보고 싶지 않아"

"두 가지 마음이 공존하는 이유는 뭐야?"

"음... 보고 싶은 마음은 그리움일 테고, 보고 싶지 않은 마음은 상처받고 싶지 않은 마음이겠지"

"둘 중에 나한테 하고 싶은 말 있어?"

우산 속에 걷고 있는 우리는 잠시 멈추고 네 대답에 나는 답했다. 빗 속에서 우리가 항상 걷던 그 길이 이제는 더 이상 보이지 않았다.

"보고 싶지 않아. 가끔 그리움이 나를 집어 먹는 순간
도 있는데, 시간이 흘러갈 때 같이 흘려보내. 슬픔이 찾
아왔던 날에는 눈물이 흐를 때 슬픔도 같이 흘려버렸어.
이렇게 내 속도대로 흘려버리고 있어. 그냥 이렇게 서로
의 시간 속에서 살아가자."

그리고 내 옆에는 네가 없었다.
내 이야기를 듣고 사라졌는지,
내 이야기를 듣기 전에 사라졌는지 그건 잘 모르겠지만,
그래도 이렇게라도 인사했으니깐 조금은 괜찮아지겠지.
그래도 너에 대한 변하지 않는 마음이 있어.
네 모든 상황과 시간을 응원할게.
정말 진심으로 응원할게.

네가 하는 일.
네가 뿌리는 사랑.
네가 경험하는 모든 조각을 진심으로 응원할게.
내가 있는 시간에서 응원할게.

우리 잘 지내자.

어떻게 살아야 할지
모르겠다

너 말이야 너무 일찍 쓰러졌다.
쓰러지면 다시 일어나면 되는데,
안 일어나는 거 보니 일어나는 게 의미 없다고 생각하나
보내. 일어나고 이야기해.

남 잘 챙기고 더럽게 성실히 살아가는데 이룬건 없는 거
같고, 죽기 전 마지막에 너무 억울하지는 않겠냐.

너를 정말 아끼고 사랑하는 사람들은 니 희생 원하지 않
아. 열심히 성실히 살았는데, 이룬 거 없어 보이니깐
남을 위해 사느라 그랬다고 자기 합리화하고 싶은 거겠
지. 어떻게 살아야 할지 모르겠다고 말하기 전에
너부터 행복해라 제발.

뻔뻔하게 너만 생각해.
니가 누구를 도와주는 만큼만 너도 누군가에게 도움받고
살아. 갚을 필요 없어.
인생 그렇게 깔끔히 사는 거 아니란다.

그래도, 정 갚고 싶으면
행복하게 살아.
뻔뻔하게 너만 생각해도 너를 사랑하는 사람들.
귀하고 고마운 인연들.
그런 신기한 인연들에 갚고 싶으면 행복하게 살아.

그만 쓰러져있고 일어나.
일어나서 행복하게 살아.
그렇게 살아가면 되는 거야.

편지인지 일기인지

오늘도 나는 편지를 쓴다. 누군가에게 전달되지는 않을 테니 일기라고 이야기하는게 맞는 걸까. 이 글의 대상은 없기에 일기라고 설명하는게 맞을지도 모르겠다. 흘러가는 순간의 감정과 시간을 기록하는 것이 일상인 나에게 글을 쓴다는 건 귀찮아도 당연한 일이다. 때문에 일기를 쓰는 순간이 있고, 편지만 쓰는 순간도 있다. 편지만 쓰는 순간은 모든 감각이 나를 응원해주고 축하해주는 하루를 반복하며 살아간다. 누군가를 위해 태어난 글은 작가의 진심어린 상대를 향한 사랑이 묻어 있어 죽지 않는다. 평생을 상상하며 사랑글을 쓰는 것보다, 사랑을 진심으로 나누고 남기는 글은 다르다. 나에게도 그런 순간이 있었고, 그런 경험으로 이렇게 또 다시 글을 남긴다.

사랑은 힘이 있다. 모든 것을 해결해 줄 수는 없어도, 내 존재의 의미와 이유를 진심어리게 느끼게 해준다. 흩어져 있는 인생의 조각들을 모으게 해주는 힘을 불어 넣어준다. 시도 때도 없이 반대로 돌아가는 마음의 반향을 정방향으로 갈 수 있게 도와주는 나침반 역할도 해준다. 어김없이 익숙한 공원에서 산책을 해도, 공원에서 한 번도 보지 못한 것을 보게 하는 힘을 불어 넣어준다. 사랑은 그런 힘이 있다. 그렇기에 많은 이들이 실패하고, 부서져도 실패의 경험으로 부서졌던 조각을 모아서 사랑을 다시 도전한다.

실패는 사람을 게으르게 하는 힘이 있다. 최근에 겪은 실패로 내 몸이 게을러져 마음을 쓰는 일에도 게을리 했다. 실패에 마음이 먼저 반응했는지, 몸이 먼저 반응했는지 그건 중요하지 않다. 시간을 이렇게 보내면 안된다는 것을 아는데 스스로 방치를 한다. 어쩌면 경험한 실패가 무서워 다시 일어나는 것에 대한 반항일 수도 있겠다. 사랑과 실패는 다른 힘을 가지고 있지만, 하나의 공감대는 내 의지가 있다는 것이다. 글을 쓰는 행위가 편지인지, 일기인지 다르지만 내 의지로 글을 모으는 것처럼. 사랑하는 누군가에게 내 마음을 전달하고 싶어 쓴 편지 인지, 실패한 나를 위로하고 싶어 쓴 일기인지 그건 중요하지 않다. 이렇게 나는 내 삶의 조각을 모으고 있다 것만으로도 지금은 충분하다.

우와우와 유나이티드!x6

만족의 기준점이 낮은 나는 주어진 것에 행복을 잘 느끼는 편이다. 때문에 여생에 큰 기대가 있지는 않지만 야망을 가지고 그래도 평생의 꿈이 있다면 나는 한 번은 보고싶다. 아니, 미치도록 꼭 보고싶다. 인천유나이티드가 우승 트로피를 들어 올리는 것이다. 2024 K리그1는 잔류가 목표라고 이야기했던 미친돌풍 강원과 국가대표 감독으로 홍명보감독에서 김판곤감독으로 교체된 울산. 그리고, 아무도 예상하지 못했던 전북의 강등위기 모든 k리그 팬들이 경악한 린가드의 서울영입으로 이번 시즌을 설명 할 수 있을 것 같다. 자 그럼 우리 인천의 올해 순위를 볼까? 인천 10등. 하하하하하 그래 12등에서 올라온 거 잖아 하하하하 그래 전북보단 위에 있잖아 하하하 우리는 늘 이랬잖아 먹던 맛이야 하하하... 젠장...저번 시즌 창단 첫 아챔을 가보고 저번 시즌 잘했던 선수들이 이적없이 시즌을 시작했기에 올해도 잘 할 줄 알았는데, 아무리 먹던 맛이라고 해도 아주 미치고 팔짝뛰겠다.

위어어어어어어어어어어어어어어어어어어 헤이~!
"우와우와 유나이티드!!"
"우와우와 유나이티드!! 우와우와 유나이티드!! 우와우와 유나이티드!! 우와우와 유나이티드!! 우와우와 유나이티드!! 우와우와 유나이티드!! 짝짝짝!! 이범수! 짝짝짝!! 이범수! 짝짝짝!! 이범수!"

콜리더님과 팬들의 응원으로 전반전을 시작한다. 어쩌면 전반전이 아닌 내 일주일의 감정을 결정하는 경기가 시작되는 걸 수도 있겠다.

"워~워어어~! 워~워어어~! 워~워어어! 나의 사랑 인천FC!"

요즘 해외에서 너무 잘하는 우리나라 축구 선수들이 많아지고, 22년 카타르 월드컵 원정16강의 선공으로 K리그도 젊은 팬들이 많아지고 한 번 보러가고 싶어하는 사람들이 많아졌다. 심지어 젊은 20대 여성분들과 아이들도 많아졌고, 무서웠던 동네 아저씨들의 놀이터였던 인천의 숭의아레나가 가족들이 오고가는 분위기로 변해서 너무 좋은 요즘이다. 실력만 쪼금 더 좋았다면....

"민창 나 그럼 축구보러 인천 가볼래!"

"난 너무좋지! 이번주 토요일에 경기 있어 보러와~!"

"응응 좋다! 민창아 근데 나 궁금한 거 있어!"

아 제발, 그 질문은 제발 하지 말아주라. 진짜 제발 제발 내가 생각하는 그 질문일 거야 제발 진짜 제발

"인천에는 유명한 선수가 누구야?"

주님...역시나 이 질문 나올 줄 알았다. 물론, 우리팀에도 정말 좋고 멋있는 선수들이 넘쳐난다. 리그 역대 득점 10위에 들어가는 파검의 피니셔 무고사선수, 인천의 심장이라고 불리는 원클럽맨 하프스타 김도혁선수 등등 하지만, 이들이 물어보는 '유명함'은 축구는 안 챙겨보지만, 가끔 월드컵하면 챙겨보는 사람들도 들어보면 "아~ 그 선수?!" 하는 그정도의 유.명.한 선수를 물어보는 것이다.

"아~ 그럼 나 또 궁금한 거 있는데!"

아 제발, 진짜 뭔지 알겠는데 그건 물어보지말아주라 제발.

"인천은 지금 몇등이야?"

"어제 대구이겨서 10등이야...헤"

"아..."

잠시 침묵이 오고 가면 이제 결정타 질문이 찾아온다.

"인천 왜 좋아해?"

그치 이 질문...나도 다른 스포츠 중에 순위가 낮고, 비교적으로 유명하지 않은 선수들이 뛰는 팀을 응원하는 사람들이 주변에 있다면 나도 물어볼 거 같다. 나는 특이 케이스다. 태어나 보니 인천에서 태어났고, 축구경기장과 5분 거리인 집에서 태어나 친구들과 경기장 밖에서 경찰과 도둑을 하면서 자랐다. 내가 다니는 교회도 가까워서 주일에 예배가 끝나면 축구를 보러 갔다. 중학교 때 해외축구를 챙겨보기 시작하면서 영국인들이 각자 일상을 살다가 자신의 도시에 있는 축구팀이 경기가 있으면 유니폼을 입고 응원하러가고, 응원 후에 걸어서 주민들과 집을 가는 그 문화가 너무 부러웠다. 그래서 직관을 시작했다. 그때만 해도 K리그를 보러간다는 것은 그것도 인천을 응원한다는 것은 너무 시니컬한 취미였다. 그래서 몰래 인천 축구를 직관하며 축구 직관 인생이 시작됐다. 이 팀이 쓰는 모든 역사가 좋다. 유일하게 2부를 경험하지 않은 시민구단이라는 자부심도 있고, 아무리 못해도 끝끝내 1부에서 살아남는 생존왕이라는 타이틀이 싫기는 하지만, 생존왕이라는 타이틀이 생기게 된 이야기도 사랑한다. 내가 이 팀을 사랑하게 된 이유는 인천유나이티드 선수들이 매순간 간절하게 축구를 했고, 그 결과로 인천 선수들과 팬들이 잔류를 선공시켰기때문이다. 그리고, 선수들이 인천을 사랑하는 마음이 나와 비슷했기 때문이다. K리그 다른 빅 팀을 갈 수 있었어도 가지 않고 다시 인천을 온 무고사의 낭만과 프로를 시작하게 해준 구단에 대한 감사로 원클럽맨이 된 김도혁의 낭만과 우리가 가지고 있는 건 목소리 밖에 없다며 미친듯이 소리지르며 응원하는 인천팬 파랑검정의 낭만을 사랑하기 때문에 이 팀을 응원한다. 21세기 생산성이 1도 없는 공놀이를 좋아하는 이유는 이런이유다. 축구는 수치로 나오는 결과보다는 임팩트와 감성이 응원하는 팀을 고르게 하는 이유가 된다고 생각한다. 그래서 나는 그 팀의 커리어도 중요하지만, 심장이 뛰는 그 곳을 응원하라고 한다. 아무래도 나는 축구를 못 끊지 않을까. 다른 팀이 유명하고 비싼 선수를 영입해도 이번시즌 강원처럼 우리 인천도 시민구단으로서 당당하게 우승트로피를 올리는 걸 죽기전에는 봐야하지 않겠나. 힘들어도 이 팀이 가고 있는 모든 길을 응원한다. 24년 9월 A매치 국대에 합류한 인천의 최우진 선수! 우리도 이제 국대가 있다. 시즌 14골로 단독 득점왕에 올라가 있는 무고사 선수! 우리에게도 이야기가 있다. 이번 시즌 잘 잔류해보고 다음 시즌도 다시 시작해보자 앞으로 내가 응원하게 될 인천이 잔류왕, 또 다른 멋진 별명이 생기길 고대하며 알레 인천!
짝짝짝짝짝짝! 할 수 있어 인천!
짝짝짝짝짝짝! 할 수 있어 인천!
짝짝짝짝짝짝! 할 수 있어 인천!

조각이 만들어 지는 과정

사람이기에 잘하는 날이 있는 반면에 못하는 날도 있다. 노력을 해도 안되는 날이 있는 반면에 딱히 노력을 크게 안했는데도 모든 상황이 딱 맞아 떨어져 좋은 결과를 얻는 날도 있다. 어른들이 말씀하시는 인생살이 계획대로 되지 않는다는 게 이런 하루를 이야기하는 게 아닐까. 계획대로 되지 않는다고 한들 미련이라는 놈에게는 내 마음 속 방을 내주고 싶지않아 최선을 다한다. 분명 최선을 다했고, 계획을 세웠는대도 원하지 않는 하루를 마주 한다면 그때는 비로서 무너지고 만다.

미련은 집착이라는 단어로 내 마음 뿐만 아니라 내 존재를 집어 삼킨다. 최선을 다했어도 나를 의심한다. 내가 정말 최선을 다했나? 더 할 수 있지 않았을까? 이왕 하는 거였는데, 나를 조금 더 포기하고 했어야 하는 게 아닐까? 나에게 찾아온 질문들은 초대하지도 않았는데 내 안식처에 들어와 나와 함께 머문다. 최선을 다했어도 슬픔을 마주하면 최선은 집착으로 바뀔 수 밖에 없다. 그토록 좋은 사람으로 남고 싶었기 때문에. 어쩌면 앞으로 나 이상으로 마음을 쓸 수도 있는 대상이었기 때문에. 나에게 그만큼 기대가 있었기 때문에.

아무리 후회하고 울어도 변하지 않는 날에. 충분히 실망하고 집착한 후 그 상황을 받아드리는 그 날에. 또 다른 조각이 내 삶에 채워진다.

나무의 고백

나무가 되어볼게.
바람이 오는대로 흔들리는 나뭇잎과 함께
이 들판을 지켜볼게.
내 주변에 생기는 생명들을 내가 할 수 있는 방법으로
보호하며 살아가볼게.
너는 그런 나를 가끔씩 만 찾아봐주면 돼.
나를 보러오지 않았는데 우연이 들판에 찾아온다면
얼굴 한 번만 비추고 가면 돼.

나에게도 나무가 필요하니.
너는 내 나무가 되어주면 돼.
나무가 아니라 계곡이라면 내 눈물 흘려버리면 되니깐
너는 내 계곡이 되어줘도 돼.

내가 필요한게 나무가 아닐지도 몰라.
바다일지도, 계곡일지도 어쩌면 내가 생각하지 못하는
그 무언가 일지도 몰라.

그래도 나는 나무가 되어볼게.
네가 어떤 모습으로 나에게 올 지는 몰라도
나는 내 주변 모든 것을 사랑하고 있을게.

네가 바다로 나를 찾아온다면
물에 가라앉아도 그 아래에 뿌리를 심어볼게.
나에게도 누군가는 필요하니.

필름사진의 첫 번째 사진처럼

모든 기록의 시작은 서툴기에

제 글을 읽어주신 모든 분들께 감사드립니다. 책을 내는 게 두 번 까지는 어쩌면 낼 수 있다고 생각하는데, 글을 쓰고, 책을 만드는 행위가 단순히 취미가 아니라 제 진심이라는 것을 말해주고싶어 책 세 권을 목표를 잡고 글을 쓰기 시작했습니다. 저에게 [조각]은 상처받는 게 무서웠던 스무살 초반, 중반에 찍는 온점이라고 생각합니다. 착하기만 하면 된다고 생각했던 20살의 나, 나도 상처를 누군가에게 줄 수 있다고 인정하고 내 자신을 혐오하기 시작했던 21-23살의 나, 그래도 사랑을 하고 싶어 다른 사람을 사랑하기 위해 내 자신을 먼저 사랑하려고 노력하는 24-26살 지금의 나. 글을 쓰고 고민하고 책을 만들며 세 권 정도 만들면 어느 정도 성숙해져 있지 않을까 기대를 했었던 시기가 있었습니다. 아쉽게도 저는 여전히 부족하게 사랑을 배워나가고 있습니다. 여전히 어렵고, 쉬워지지는 않을 거 같습니다. 변함없이 실패를 할테고, 무너지기도 할테고, 울기도 하겠죠. 100세를 살아가는 인생이라는 기준으로 26살 지금의 나이는 1/4밖에 살지 않아서 어린 나이가 맞지만, 사회는 독립을 준비해야하고, 결혼과 내 집 마련을 준비해야하는 나이라고 생각하죠. 그렇기에 마냥 어린 나이라고 생각할 수는 없을 거 같습니다. 첫 번째 책 [무색] 글을 처음 쓰기 시작했던 21살 그때의 고민과 세 번째 [조각]을 편집하고 있는 26살의 지금의 고민은 달라졌어도, 여전히 두렵고 부족한 건 여전합니다. 30대때에 하는 고민, 40대때에 하는 고민. 쉬지않고 고민하며 살아가겠죠.

그럼에도 글을 남기려고 노력하는 이유는 그런 현실에서 획일적인 벽돌의 모습이 아닌 하나밖에 없는 조약돌로 살고 싶기 때문입니다. 모든 조약돌이 벽돌이 되기 위해 노력하는 세상에서 조약돌로 살기 위해 내 모양을 인정하는 시간을 대충보내지 않을 겁니다. 신중히, 값지게, 최선을 다해서 고민하고 받아드리는 시간을 보낼 겁니다. 글을 쓰는 것을 멈추지 않을 겁니다. 부족해도, 재미가 없어도 저는 제 모습을 숨기지 않고 남기기 위해 노력해보려 합니다. 떠나가는 사랑을 최선을 다해 슬퍼할 거고, 찾아오는 사랑을 최선을 다해 누릴 겁니다. 실패를 창피가 아닌 부족함으로 인정하며 배워나갈 겁니다. 사회의 아픔을 공감하기 위해 노력할 거고, 내 모습을 잃지 않기 위해 노력하겠습니다. 그렇게 살아가며 남기는 글들을 모아 또 다시 책을 내기 위해 노력할 거고 읽고 쓰는 삶을 멈추지 않을 것 입니다. 당신 하루는 안녕 하신가요. 모든 삶에는 의미가 있습니다. 오늘도 흘러가고 있는 당신의 하루를 응원합니다. 저와 같은 시기를 살아가며 고민을 하고 있을 당신을 응원합니다. 실패하고 슬퍼하고 있을 당신의 슬픔을 함께 슬퍼합니다. 그리고 다시 일어나는 당신의 그 행위를 응원합니다. 우리 이렇게 경험하고, 자국을 새기며 살아갑시다. 완벽함이 아닌, 부족함을 받아드리며 살아갑시다. 그렇게 남기며 살아갑시다. 살아가다 얼굴이든 글이든 근황이든 마주할 날이 주어진다면 제가 먼저 반갑게 인사하겠습니다. 당신을 응원하겠습니다. 공감하겠습니다.

　　　단상집〔조각〕의 끝을 함께 해주셔서 감사합니다. 당신의 응원이 있었기에 제가 책을 만들 수 있었습니다.

　　　변함없이 당신의 사계절을 응원하겠습니다.
　　　24년 8월 8일 김민창.

내가 남기는 모든 기록은 서툴지만, 솔직하기 위해 노력한다.
처음처럼 진솔하기 위해 노력한다.
그랬듯이 이 흔적도 언젠가 위로가 되길.

엮은곳 궤도
글   김민창
편집 김민창
표지 사진 김민창

E-mail   shabby000000@gmail.com
Instagram 김민창   @min.chang_0_0
            궤도   @orbit._.zip
ISBN : 979-11-979192-9-9

초판 1쇄 발행 24년 9월 11일